Екатерина Вильмонт

Мужлан
и флейтистка

Издательство АСТ
Москва

УДК 821.161.1-31
ББК 84(2Рос=Рус)6-44
В46

Компьютерный дизайн обложки
Екатерины Ферез

Вильмонт, Екатерина Николаевна.

В46   Мужлан и флейтистка / Екатерина Вильмонт. — Москва : Издательство АСТ, 2021. — 320 с. — (Про жизнь и про любовь: Екатерина Вильмонт).

ISBN 978-5-17-118947-1

Федор Федорович Свиридов весьма успешный и удачливый человек, но чудовищно одинокий. Потеряв в одночасье почти все — дом, семью, где осталась любимая дочка, — он берет к себе осиротевшего пса по кличке Апельсиныч. И вот встретились два одиночества и беззаветно друг друга полюбили. Но в жизни Федора Федоровича появляется прелестная флейтистка...

УДК 821.161.1-31
ББК 84(2Рос=Рус)6-44

ISBN 978-5-17-118947-1

Глава первая

— Федор Федорович у себя?

— У себя, — кивнула секретарша.

— Принимает?

— Нет.

— Натуля, мне по личному делу буквально на три минутки!

Секретарша опять кивнула.

— Попробую. Федор Федорович, к вам Юрий Викторович по личному делу на три минутки.

— Хорошо. Приму.

Юрий Викторович поспешно открыл дверь кабинета.

— Федор Федорович, прости, что я так...

— Да ладно, Юра, я рад тебя видеть. Что случилось?

— Федор Федорыч, ты когда в Москву?

— Да завтра, с утра.

— Просьба у меня нижайшая. Я только позавчера узнал, что в Москве умер мой старый друг. Умер уж почти год назад, а я не знал. Такая жизнь собачья... Все некогда...

— Так в чем просьба-то?

— Можешь передать его матери деньги? Я когда-то... вернее, мы в юности поклялись, что если кто-то из нас помрет, другой, чем сможет, поможет матери. Времена такие были...

— Святое дело!

— Вот конверт. Здесь десять тысяч долларов.

— Щедро!

— Сам же говоришь — святое дело.

— Хорошо, передам. Адрес, телефон?

— Все в конверте.

— Понял. А там жена, дети есть?

— Жена уехала в Европу. Детей нет.

— А ты уверен, что мать жива?

— Уверен-уверен! Я позвонил Пашке, хотел с днем рождения поздравить... Ну и узнал...

— Слушай, а перевод послать не проще было бы?

— Да нет, не проще. Мало ли, на почту пойдет старуха, ее и ограбить могут, мало ли... А ты уж не сочти за труд, тем более она живет в двух кварталах от тебя.

— Все! Нет вопросов, передам.

— Соскучился по семье-то?

— Конечно, больше двух месяцев дома не был. По дочке очень скучаю... Растет фактически без отца...

— А ты надолго?

— Может, и насовсем.

— Как? — побледнел Юрий Викторович.

— Да вот предлагают в Москве в головной конторе поработать.

— Федор Федорыч, ты что! Здесь же без тебя все может прахом пойти...

— Ну уж и прахом... По-моему, я тут все хорошо отладил. И ты на что? Кстати, пока меня не будет, ты пригляди за Хлыновым. Он мужик толковый, но чересчур горячий, как бы дров не наломал.

— То есть ты еще вернешься?

— Ну а как же! Даже если останусь в Москве работать, все равно не брошу на произвол судьбы то, что сам создал практически с нуля.

— Эх, Федор Федорыч, не чиновный ты человек, тебя в Москве сожрут!

— Подавятся, — невозмутимо ответил Федор Федорович.

— Так ты уже решил?

— Ну, в общем… А впрочем, поглядим, что там и как.

— Сам же говоришь, тут все с нуля…

— То-то и оно. Пора еще где-то с нуля начинать, пока еще силенки есть и запал не исчез.

— То есть…

— Отстань, Юра, сам еще ничего не знаю.

В этот момент заглянула секретарша:

— Юрий Викторович, вас там обыскались…

— Иду! Ну, Федор Федорович, бывай!

— И ты! Как передам конверт, свяжусь с тобой.

— Спасибо!

Федор Федорович Свиридов лукавил, говоря, что соскучился по семье. Скучал он только по дочке, даже не столько скучал, сколько чувствовал угрызения совести в связи с нею. Кем ее вырастят эти бабы, жена и теща? Жену он не любил, а тещу вообще ненавидел. Жена Вера, красивая блондинка, наверняка ему изменяет, как-то отстраненно и холодно думал он, впрочем, и он не хранил ей верность. Мы оба живые люди, вернее, организмы, я бываю в Москве редко, так какие претензии у меня могут быть? Уезжать из Москвы Вера отказалась наотрез, что ж... Пусть. А дочке уже восемь лет, боюсь, она уже многое понимает. Я общаюсь с ней по скайпу часто, она хорошенькая и умненькая, ей важно знать, что у нее есть папа и мама, ну и ладно. Значит, так и будем жить. Хотя если меня переведут в Москву... наверняка с большим повышением. Вера этому обрадуется. Нет, не моему постоянному присутствию, а повышению по службе. Будет хвастаться перед подружками... Потребует переезда в новую большую квартиру, хотя и сейчас у нас квартира хорошая. Будет канючить... Тоска! Нет, лучше попрошусь на какой-нибудь дальний объект, хоть в Африку...

Все эти мысли одолевали его в самолете. Жену он всегда предупреждал о своем приезде, чтобы не попасть в положение мужа, внезапно вернувшегося из командировки. Встречать в аэропорт она не приедет, но дома его будет ждать хороший обед и бурные ласки, которые должны свидетельствовать о неукоснительной верности истосковавшейся супруги. Ха! Ну что ж, бывает и хуже.

Из головного офиса за ним прислали машину. Ого! Значит, повышение явно будет. Что ж, это неплохо. Впрочем, поживем-увидим, что от меня за это потребуется.

Жена повисла у него на шее.

— Феденька! Приехал! Как я соскучилась, если б ты знал!

— А где Сашурка?

— На даче, с мамой, — многозначительно-томным голосом проговорила жена. — Ну, мы же так давно не были вместе, Федечка, я уж вся извелась без тебя.

Непохоже, подумал Федор Федорович, но промолчал.

— Ну садись, ты небось голодный? Как ты там вообще питаешься?

— Нормально питаюсь.

— Скажи, а ты надолго к нам?

— Боюсь, надолго.

— Недельки на две?

— Да нет, может статься, что и насовсем. Переводят меня в Москву.

Жена побледнела, но тут же попыталась сыграть радость несказанную.

— Правда? Наконец-то! Счастье-то какое! Вот Сашурка-то обрадуется! А что ты тут делать будешь? В министерство пойдешь или...

— Этот вопрос еще будет решаться.

— Но ты на свой объект уже не вернешься?

— Вернусь, конечно, надо же будет передать дела и вообще... Я ж его не брошу.

После действительно вкусного обеда жена начала ластиться к нему вполне недвусмысленно, а он был еще достаточно молод, чтобы не остаться равнодушным к ласкам красивой женщины.

Вечером он позвонил по телефону, данному Юрием Викторовичем. Ответил женский голос, какой-то неуверенный, как показалось Федору Федоровичу.

— Алло, я вас слушаю!

— Добрый вечер! Могу я поговорить с Елизаветой Марковной?

— Я у телефона. А вы кто?

— Елизавета Марковна, я к вам по поручению Юрия Коломенского.

— Юра Коломенский?

— Ну да.

— А разве он… в России?

— Да-да! Мы с ним вместе работаем и он просил меня передать вам кое-что в память о… его друге.

— Да? Это очень мило с его стороны. Он звонил мне недавно. Но я почему-то решила, что он за границей.

— Елизавета Марковна, вы позволите завтра в первой половине дня зайти к вам?

— Разумеется. А как вас зовут, голубчик?

— Федор, Федор Свиридов.

— А по батюшке?

— Федорович.

— То есть Федор Федорович?

— Совершенно верно.

— Федор Федорович, если вас не очень затруднит, могли бы вы прийти часиков в одиннадцать?

— Да, очень хорошо! Я живу в двух кварталах от вас. Ровно в одиннадцать буду. Адрес у меня есть.

— Бесконечно вам благодарна.

— Да не за что. До завтра.

— Куда это ты с утра завтра намылился? — полюбопытствовала Вера.

— Юрка Коломенский попросил передать какие-то документы матери его покойного друга. А уж оттуда на дачу, к Сашурке.

— Феденька, а у тебя отпуск-то будет?

— Конечно. Может, махнем куда-нибудь к морю? Шурка говорила, что научилась плавать. Да и вообще, хочется погреться на солнышке.

— Хорошо бы, но...

— Какое «но»?

— Видишь ли, Федя, мне врач не рекомендовал пока ехать на юг.

— Врач? А что с тобой?

— Ничего особенного... Это по женской линии... Сказал, в этом году лучше не надо... Может, ты вдвоем с Шуркой поедешь?

— Даже так? Что ж, поеду, — в душе Федор Федорович возликовал. Поехать к морю вдвоем с дочкой — просто мечта.

— Но если она будет тебе в тягость, возьми с собой маму.

— Маму? — взвился Федор Федорович. — Чтобы я там утопился? Да ни за что на свете! И как это Шурка может мне быть в тягость?

А маму свою… отправь в какой-нибудь санаторий. Пускай там со старперами сюсюрится!

Федор Федорович и вообще-то терпеть не мог свою тещу, по многим причинам, но особенно, до зубовного скрежета, его раздражали некоторые ее словечки, такие как, например, «сюсюрики» и производные от него, а еще «кукусики». В устах тещи эти слова могли означать все что угодно. Иной раз, когда к Шурке приходил кто-то из детишек и они не в меру резвились и шумели, теща говорила снисходительно: «Ну и что? Пусть кукусики посюсюрятся!» Федор Федорович готов был ее убить. Впрочем, теща отвечала ему взаимностью. И за глаза говорила о нем «серость непроцарапанная!». Она была твердо уверена, что дочь ее достойна куда лучшего мужа, более богатого, более гламурного, или, по крайней мере, знаменитого.

Утром Федор Федорович тщательно побрился. И вышел из дому за полчаса до назначенного времени, хотел по дороге купить цветы. Он подумал, что старой женщине это будет приятно. Интересно все-таки, почему Вера отказалась ехать на юг? Он как-то слабо верил в запрет врачей. Скорее уж у нее какой-то роман и она жаждет сбагрить мужа и дочку. Ну что ж, сделаю вид, что поверил. А поехать к морю вдвоем с дочкой — просто идеальный вариант. Он думал обо всем этом как-то отстраненно, холодно. Как-то это все, вероятно, неправильно… Неправильно не ощущать даже укола ревности, разве что легкую брезгливость… которая, впрочем, не помешала ему вчера днем, а потом еще и ночью воспользоваться своими супружескими правами. Нужна женщина, так почему бы и нет?

— Федор Федорович? — донеслось из-за двери.

— Да! Елизавета Марковна, это я!

На пороге стояла пожилая женщина со следами былой красоты на безнадежно увядшем интеллигентном лице и неуверенно улыбалась.

— Здравствуйте, проходите, пожалуйста, в комнату. О, вы с цветами… Это мне? Как мило… Хотите кофе?

— С удовольствием, — неожиданно для самого себя согласился Федор Федорович.

— Садитесь, прошу вас! Какой вы большой, просто Илья Муромец!

— Да что вы! — рассмеялся Федор Федорович. — Ну на Илью Муромца я все-таки не тяну, хотя бы уж потому, что сидеть на печи тридцать лет и три года для меня неприемлемо. Но за сравнение спасибо!

— Минутку, и я подам кофе!

Хозяйка вышла из комнаты. Федор Федорович огляделся вокруг. Комната была обставлена старомодно, но очень уютно. На стенах картины и фотографии в большом количестве, шелковый абажур над круглым столом и всюду книги, книги... Ему вдруг стало хорошо здесь. А почему — пойди пойми.

Вскоре вернулась хозяйка с подносом, на котором стоял фарфоровый кофейник, чашки, сахарница и сливочник.

— Вот, прошу вас! Ох, я растяпа...

Елизавета Марковна вынула из старинного буфета красного дерева вазочку с печеньем.

— Ох, я уж и забыл, что существуют такие кофейники! Здорово! Спасибо!

Она налила в изящную чашку кофе.

— Берите сахар, сливки...

— Благодарю вас, но я предпочитаю черный кофе.

— Ну как вам будет угодно, а я люблю со сливками и сладкий...

— Елизавета Марковна, у вас так хорошо, уютно, что я чуть не забыл, зачем, собственно, явился. Вот! — он протягивал ей пухлый конверт. — Юра просил вам передать.

— А что это? — слегка испуганно спросила старая женщина.

— Это деньги. Десять тысяч долларов.

— Что? Вы с ума сошли?

— Да я-то здесь при чем? Юра сказал, что они с вашим сыном когда-то договорились... Если с кем-то из них что-то случится, во что бы то ни стало помочь матери.

— Боже мой! Они об этом думали? — по щекам ее катились крупные слезы. — Но это же огромные деньги...

— Да, сумма существенная...

— Но что же мне с ними делать? — растерянно спросила Елизавета Марковна.

— Ну, для начала поменять какую-то сумму на рубли, а остальное лучше все-таки положить в банк.

— Боже мой! — она сжала пальцами виски. — Но в какой именно? Я совсем не разбираюсь... Кругом только и слышишь — тот банк прогорел и этот...

— Есть еще вариант — снять в банке ячейку и хранить там. Вы теряете проценты, но зато это без риска. И еще совет. Ни одной живой душе не говорите об этих деньгах.

— Знаете, Федор Федорович, я просто в панике...

— Елизавета Марковна, не нужно паниковать! — улыбнулся Федор Федорович. — Вы сейчас хорошенько спрячьте деньги и подумайте до понедельника, как вы ими распорядитесь.

— А в понедельник?

— А в понедельник, если угодно, я за вами заеду и помогу вам либо открыть счет в банке, либо снять ячейку.

— Боже мой, вы так любезны...

— Просто когда у женщины появляются деньги и это приводит ее в панику, то она нуждается в некотором разумном руководстве, — ласково улыбнулся Федор Федорович.

— Вы чудесный человек, Федор Федорович! — и она погладила его по руке.

— Я думаю, с вами мало кто согласился бы.

— А ваша жена?

— О, она в последнюю очередь! — рассмеялся Федор Федорович.

Елизавета Марковна очень пристально смотрела на него.

— Хорошо, Федор Федорович, я сделаю так, как вы советуете, и если вас это не слишком затруднит, я с удовольствием приму вашу помощь. И прошу вас, передайте Юре мою бесконечную благодарность. Вы скоро его увидите?

— Не знаю еще. Я приехал в Москву за новым назначением.

— Ох, я даже не спросила от испуга, чем, собственно, вы занимаетесь.

— Строительством газопроводов.

— О, кажется, сейчас это весьма актуально?

— Это всегда актуально, дорогая моя Елизавета Марковна. Я, пожалуй, пойду и позвоню вам в воскресенье вечером. А кофе у вас отменный!

Машина Федора Федоровича стояла в гараже на даче, поэтому он вызвал такси. Хотелось поскорее увидеть дочку, но мысль о встрече с тещей, особенно после визита к Елизавете Марковне, внушала глубокое отвращение. Знала Вера, что не стоит знакомить меня с матерью до свадьбы, чуяла. А я ведь не женился бы на ней, если б заранее познакомился с будущей тещей. Но тогда у меня не было бы моей Шурки... И так как он не привык тратить время зря, то достал телефон и углубился в изучение возможностей туристического рынка. Куда бы поехать с дочкой? Турцию и Египет он отмел сразу. Пожалуй, наиболее приемлемым вариантом был Кипр. Хотя сейчас, конечно, поздновато, все путевки наверняка расхватаны уже, но если обратиться к Ксении в министерстве, она поможет. У них там всегда есть какие-то варианты, бронь, то, се...

Машина остановилась. Приехали!

Калерия Степановна возилась в саду.

— Добрый день, Калерия Степановна!

— А, зятек! Соизволил прибыть... Ну здравствуй!

— А Сашурка где?

— Да у подружки, тут за три дома.

— Скоро придет?

— К обеду должна.

— Я ей позвоню.

— А она телефон забыла, растеряха.

— Пойду схожу за ней.

— Да не стоит, пусть с подружкой посюсю-рится, сама придет. Ну, надолго к нам пожаловал, кукусик?

Федор Федорович скрипнул зубами. Сколь-ко раз он просил не называть его кукусиком!

— Не знаю еще, может и навсегда.

— Нешто тебя с работы погнали?

— Не дождетесь! Я вот что хотел спросить: что там у Веры со здоровьем? Она мне сказала, что врачи не разрешают ей ехать сейчас на юг.

Глаза у тещи хитро блеснули.

— Ага! Точно. Они там у ней какую-то баб-скую хворобу насюсюрили... Лечится. Просто в ближайшие месяцы сюсюриться на юге не со-ветуют.

— Понял. Ладно, пойду машину погляжу.

— Вот-вот, пойди, кукусик, погляди...

Я хочу ее убить! И любой суд меня оправдает!

Его любимая коричневая «Вольво» стояла в гараже. Он сел и вдруг ощутил какой-то чужой запах. Вера машину не водит, и это не был запах женских духов. Это был явный запах табака. Федор Федорович бросил курить уже пять лет назад и запах табака распознавал на раз. И какого черта я все это терплю? Из-за дочки? Но ведь она растет и скоро начнет понимать всю лживость этой семьи. И надо ее спасать от кукусиков и сюсюриков. Но что я могу? Впрочем, я многое могу, уйти из дома, снять квартиру, забрать дочку и машину, квартиру и дачу оставить этим бабам, найти для дочки хорошую няню... Это все вполне реально. Работы мне в любом случае предстоит непочатый край. А возвращаться каждый божий день и слышать вранье жены, а по выходным сюсюриться с тещей? Нет, не могу больше! Он опять заскрипел зубами. Ладно, пока не определюсь с работой, никаких шагов предпринимать не стану. А вдруг меня пошлют на какой-то новый объект? Хорошо бы... Встреча в министерстве назначена на вторник. Вот и поглядим.

Он вылез из машины с ощущением, что ее осквернили. Продам ее к чертям, не хочу!

Вошел в свою комнату. И тут же услышал:

— Иди, кукуся, там твой папашка приехал!

Он ожидал услышать восторженный дочкин вопль, но его не последовало.

— Сашурка! Где ты? Э, да что с тобой?

Девочка стояла в дверях и глядела на него исподлобья. Как-то набыченно.

— Сашка, ты чего? — растерялся Федор Федорович.

— Здравствуй, папа.

— Шур, ты чего? Обиделась? На что? Мы же с тобой на днях говорили по скайпу... Я что-то не то сказал?

— Да нет, папа... Просто... А, ладно...

И она бросилась к нему в объятия.

Он подхватил ее на руки, прижал к себе, покрыл поцелуями лицо.

— Сашка, детка моя, как я соскучился! А ты чего мне козью морду тут строила, а?

— Бабушка сказала, что обниматься и целоваться со взрослыми мужчинами нельзя.

— Здрасьте. Я ваша тетя! Я же твой отец... Вот дура!

— Это ты про бабушку?

— Ладно, проехали! Сашурка, хочешь поехать к морю, со мной вдвоем?

— К морю? А мама?

— А мама не может. Ей врачи запрещают сейчас ехать на юг. Я вот думаю на Кипр поехать...

— К морю хочется... Но ты же там будешь за тетками бегать, а я буду одна сюсюриться...

— Что за бред? Когда это я бегал за тетками, а тебя одну оставлял?

— Мама с бабушкой говорили, что неплохо было бы меня отправить к морю с тобой...

— И бабушка сказала про теток?

— Да!

— Это все чепуха! Ты что, своему папке не доверяешь?

— Я не знаю... — растерянно пробормотала девочка.

Он рассердился.

— Короче, я спрашиваю в последний раз: мы едем к морю или нет?

— А когда?

— В ближайшие дни, самое позднее на той неделе. У меня отпуск с понедельника. Так мне заниматься путевками? Или барышня не желает?

— Пап, я не знаю... А если я не поеду?

— А можно узнать почему?

— А бабушку нельзя взять?

— Нельзя! — отрезал Федор Федорович.

— Пап, ну...

— Обещаю за тетками не бегать!

— Бабушка говорит, ты бухать будешь... и чего доброго, не углядишь за мной, а я утону...

— Все! Вопрос закрыт. Ты никуда не едешь!

— А ты?

— А я непременно поеду и буду там бухать и бегать за тетками и утону с пьяных глаз, о чем, вероятно, мечтает твоя бабушка! Все! Меня это достало!

Он побежал в гараж, сел в машину и уехал. Его трясло! Что это за люди, что за жизнь я себе устроил! Но нет, я не дамся! Эти суки восстанавливают ребенка против отца. Я им чем-то мешаю? Но ведь я так редко бываю в Москве... Да, Федор Федорович, умеешь ты устраиваться. Может, если б сегодня я не провел полтора часа у Елизаветы Марковны, в ее скромном и в высшей степени интеллигентном доме, так напомнившем мне дом приемной матери, я бы так не взбесился? Ерунда! Просто чаша переполнилась... Но как бы там ни было, а Шурку надо спасать. Во что она превратится в скором времени? Даже представить себе тошно… Мысль о возвращении домой была непереносима. Впрочем, жена говорила, что сегодня поедет на спа-процедуры. Вот и отлично! Заеду домой, соберу самое необходимое на первое время и сниму номер в гостинице. А там уж буду думать о дальнейших шагах. В критические минуты он умел собираться и принимать, как правило, верные решения. Так он и сделал. Взял вещи, окинул прощальным взглядом квартиру, которую когда-то даже любил, нашел в Интернете небольшой отель в одном из Сретенских переулков, завез туда вещи и первым делом занялся продажей машины. Я же начинаю новую жизнь, без кукусиков и сюсюриков!

Глава вторая

Он с наслаждением поужинал в хорошем ресторане, выпил триста граммов водки, так, для аппетита, потом заказал такси и поехал в гостиницу. Номер был небольшой, но уютный. Ах, хорошо! Вот разберусь с новым назначением и уйду в отпуск. Поеду все-таки к морю. А они не хотят, ну и не надо. Он долго стоял под душем, смывая с себя липкую гадость сегодняшнего дня. Потом лег в постель и включил телевизор. Там был футбол! Федор Федорович был равнодушен к футболу, он любил хоккей, в футболе ему недоставало темпа, но тем не менее обрадовался. Смешно, ей-богу! И вдруг позвонила жена. Он помедлил, но все же решил ответить.

— Федя, что это значит? Где ты?

— Меня нет. Ты можешь быть абсолютно свободна, зачем тебе такой муж?

— Ты о чем? Что у тебя вышло с Сашкой?

— Она отказалась со мной ехать. Твоя матушка постаралась! Объяснила внучке все про папу, который будет бухать, бегать за тетками, а ребенок утонет... И вообще папаша у нее серость непроцарапанная...

— Послушай, Феденька, ты же знаешь маму...

— Знаю. И маму, и тебя. Скажи честно, какой гламурный персонаж маячит на горизонте?

Он сам удивлялся, как спокойно и насмешливо звучит его голос. Он и в самом деле не кричал, не бесился... И это здорово напугало Веру.

— Федя, ну что ты завелся? Какой такой персонаж, о чем ты?

— А тот, который курил в моей машине, да еще имел наглость ездить на ней!

— Что за чепуха! Никто на ней не ездил! — довольно фальшиво воскликнула Вера. — И вообще, что происходит?

— Уже произошло!

— Что произошло?

— Я от тебя ушел! Квартиру и дачу я оставляю тебе, на Сашку буду давать деньги, на все, что ей необходимо, а ты, пожалуй, пойди поработай, вряд ли тип, которому охота покрасоваться в чужой машине премиум-класса, сможет достойно содержать тебя с твоей мамашей!

— Федя!

— Федя съел медведя!

И он швырнул трубку. Он нарочно не сказал ей, что намерен забрать дочь. А то они там насочиняют про него таких гадостей... Накукусят и насюсюрят столько, что никому мало не покажется!

И хотя сегодня рухнула его налаженная и, казалось бы, вполне благополучная жизнь, ему почему-то было весело. Раз, Федя, и ничего у тебя нет! Ни работы, ни жилья, ни семьи... А тебе, дураку, серости непроцарапанной, весело! Однако не зря он считался незаурядным организатором. Он отыскал телефон одного старого друга, блестящего адвоката, и позвонил.

— Алло, Илья Станиславович, ты?

— Неужто сам господин Свиридов вспомнил о нашей малости? Рад! Душевно рад! Как дела, Федя?

— Да идут дела. Вот еще одно дело возбудить задумал.

— Я не ослышался?

— Да нет! Разводиться хочу!

— Давно надумал?

— Сегодня.

— И сразу к адвокату? Чего делить хочешь?

— Ничего! Все движимое и недвижимое оставляю ей. Ребенка хочу забрать.

Илья Станиславович рассмеялся.

— Чего смеешься?

— Знаешь, я помню, ты как-то лет пять назад рассказывал про свою тещу. Какие у нее там любимые словечки были, за которые тебе хотелось ее убить? Одно я запомнил — сюсюрики! Супер! Я тогда еще подумал — не вынесет Федька мысли о том, что его дочурка тоже будет про сюсюриков говорить...

— Говорит уже! Надо забирать... Поможешь?

— Я бракоразводными делами не занимаюсь, но могу порекомендовать коллегу. Она в этих делах собаку съела, можно сказать, ротвейлера...

— Спасибо, друг!

— А ты сейчас в Москве, что ли?

— Да, приехал за новым назначением, может еще в Москве и останусь.

— Это было бы хорошо, в интересах дела, коль скоро речь пойдет о ребенке.

— Да, ты прав, — вдруг обрадовался Федор Федорович. — Конечно.

— Но все же предварительно дам кое-какие рекомендации.

— Внимательно слушаю.

— Чтобы отобрать ребенка у матери, ты должен, как минимум, иметь постоянную работу и постоянное, не съемное, жилье. С репутацией, как я понимаю, у тебя пока все в порядке.

— Почему пока? — фыркнул Федор Федорович.

— Да кто ж тебя знает, может, на свободе в загул уйдешь... И еще, имей в виду, такие бабы запросто могут и слежку за тобой устроить, а оно тебе надо? Поэтому пока твой статус не определен, давай регулярно бабки, не жмись, и ни словечка не говори о том, что хочешь забрать ребенка. Пусть пока живут спокойно, расслабятся, а ты между тем собирай компромат на жену...

— Вот еще, гадость какая!

— И еще... Прости за вопрос... Ты с ней спал, когда приехал?

— Было дело, а причем тут это?

— Она может недельки через три заявить, что беременна, даже если ты предохранялся, неважно...

— Тьфу ты черт...

— Слушай сюда! Это обычная уловка баб в такой ситуации. Не попадайся на нее.

— Да ни за что!

— Если все же она к этой уловке прибегнет, скажешь, что если хочет рожать, пусть, ты будешь давать деньги, а после рождения ребенка сделаешь экспертизу. Если ребенок окажется твой, признаешь его, будешь давать опять-таки деньги, и все. Поверь, деньги тут ключевое слово. И советую еще: отстегни сразу серьезную сумму на первое время. Чтоб поменьше хлопали крыльями. И не заявляй сейчас, что желаешь регулярно видеть дочь. Месяц-другой не появляйся там. И подай на развод. Поскольку сейчас ничего делить с ними не собираешься, вас разведут легко. Она, конечно, может не давать развода...

— Думаю, даст! Ей мама объяснит, что ей не нужен такой муж, которого никогда нет дома, и вообще, он серость непроцарапанная...

— Чего? — поперхнулся Илья Станиславович. — Кто ты?

— Серость непроцарапанная!

— Во дают! Ты же, если мне не изменяет память, доктор наук?

— Технических! В их глазах это не наука...

— Федька, ты сколько с ней прожил?

— Десять лет.

— Ты мудак! Слава богу, опомнился!

— Мудак, признаю, куда денешься. Но Верка была такая красивая... Она и сейчас... А с мамой до свадьбы не знакомила. Я бы не женился.

— А у тебя другая-то есть?

— Нет!

— А как же ты там, в своей глухомани?

— Да это как-то не проблема... баб везде хватает.

— Понял. Слушай, Федор, надо нам все же повидаться, поддать вместе, как в молодые годы...

— Да! Сколько мы не виделись? Года три?

— Примерно.

— Вот получу назначение во вторник, тогда и обмоем его.

— А что за назначение?

— Да наверху чего-то темнят, но явно с повышением. Тогда и обмоем, тем более, у меня будет две недели отпуска.

— Да? Это здорово! А давай вместе махнем куда-нибудь, как, бывалоча, на байдарках?

— Нет, друг, я в отпуске хочу цивилизации, я этой лесной романтикой сыт по горло!

— А вместе куда-то в цивилизацию махнуть?

— Я только за, но как же семья?

— А нет семьи больше. Тю-тю! Я теперь тоже холостяк!

— Как? Почему?

— А Женька, видите ли, не желает больше жить в нетолерантной России и свалила к мамаше во Францию.

— Сурово! А как же сын?

— Сын же у нее от первого брака. Я на него прав не имею. Так что...

— Да, мужик, нам есть что обсудить, и за что выпить!

— За свободу, что ли?

— И это тоже! Короче, во вторник, как получу назначение, звоню тебе и мы забиваем стрелку!

— Заметано, старик!

...Поговорив с Ильей, Федор Федорович первым делом перевел крупную сумму на карточку жены с припиской: «Это на первое время».

В понедельник утром он, как обещал, заехал к Елизавете Марковне.

— Федор Федорович, голубчик, мне ей-богу неловко. Вы же наверняка занятой человек и тратите время на практически незнакомую старуху.

— Начнем с того, Елизавета Марковна, что сегодня я свободен как ветер, но по крайней мере я смогу с легким сердцем отчитаться перед Юрой. К тому же вы вовсе не старуха.

— Вы так невероятно любезны...

— Да что уж такого невероятного? Смешно! Значит так, берите деньги и поедем. Вы уже решили, сколько вы хотите поменять на первое время?

— Думаю, долларов пятьсот, — как-то нерешительно проговорила Елизавета Марковна.

— Хорошо. С этого и начнем.

— Федор Федорович, вы что-то говорили про ячейку?

— Ну да.

— А из ячейки я смогу в любое время взять какую-то сумму?

— Совершенно верно. Но на вклад будут капать проценты, правда, совсем небольшие…

— Да бог с ними, с процентами…

— Как скажете! Значит, едем в банк!

Садиться в свою еще не проданную, но, как он считал, оскверненную машину Федор Федорович не пожелал, и потому с самого утра взял машину напрокат.

Они поехали в банк, он поменял деньги, вручил ей и сказал:

— Елизавета Марковна, у вас паспорт с собой?

— Да, разумеется.

— В таком случае идите вон к тому окошку, скажите, что намерены снять ячейку…

— А вы? — испуганно спросила она.

— А я подожду вас тут, на диванчике. Да не бойтесь вы, все нормально будет. А если что, позовите меня.

— А вдруг я чего-то не пойму?

— Все вы поймете, а если нет, вам разъяснят. Они заключат с вами договор на аренду ячейки, вы подпишите кое-какие бумаги, заплатите за аренду и вас отведут в хранилище. Вы положите деньги в ящик и все. Вам дадут ключи, которые надо будет хорошенько спрятать. Только и всего. Идите, я вас буду ждать.

Елизавета Марковна нерешительно направилась к нужному окошку, а он сел на диванчик и достал телефон. Написал сообщение Коломенскому: «Юра, деньги передал. Часть помог поменять, а остальное будет в банковской ячейке. Тетка чудесная!» Ответ пришел через пять минут. «Спасибо огромное! Как дела?» «Завтра узнаю. Ушел от жены. Рад!» «Застал?» «Вычислил». «Будешь разводиться?» «Конечно!» «Молодец!» Какой же я идиот! Вот уже двое друзей одобряют этот мой шаг. А почему? Им со стороны было виднее...

Елизавета Марковна вернулась к нему, сияя.

— Все в порядке! Спасибо вам огромное, голубчик!

— Только заклинаю вас, ни одной живой душе не говорите про эти деньги и про ячейку.

— Ну конечно. Я же вижу по телевизору, как обманывают пожилых людей, как их лишают всего.

— И еще совет: если захотите купить что-то, сверх вашего обычного бюджета, лучше делать это не в соседних магазинах.

— Господи, почему?

— А увидит кто-то, кому не следует.

— Боже, Федор Федорович, вы совсем меня запугали.

— Да нет, Елизавета Марковна, вы тогда лучше скажите мне, я приеду, помогу. Есть у вас какие-то первоочередные нужды?

— Да пожалуй нет. Но если честно, я бы хотела купить маленький телевизор на кухню. Я видела у соседей… — смущенно проговорила пожилая дама.

— Превосходно! Вот прямо сейчас поедем и купим! И я помогу вам его наладить!

— Господи, Федор Федорович!

Они поехали и купили маленький телевизор, потом он завез ее в ресторан, так сказать, обмыть покупку, хоть они ничего и не пили, а потом поехали к ней и он подключил телевизор и наладил все нужные каналы. Пожилая женщина сияла.

— Федор Федорович, если бы мне кто-то еще неделю назад сказал, что я смогу еще чему-то в этой жизни радоваться, я бы не поверила. Но я радуюсь не деньгам, не новому телевизору, нет, я радуюсь тому, что на свете есть еще такие люди, как вы! Счастлива должна быть ваша жена…

И она выразительно посмотрела на обручальное кольцо, о котором он совсем забыл.

Он тут же снял его с пальца и сунул в карман.

— Я ушел от жены, просто забыл снять.

— Господи помилуй, простите ради бога мою невольную бестактность. А детки у вас есть?

— Дочка, восемь лет. Но ее так накрутили против меня... — горько произнес Федор Федорович. — Но я за нее еще поборюсь...

— У вас есть другая женщина?

— Нет. Зато у жены есть другие мужчины. Да ну, неохота говорить об этом. Ну что, Елизавета Марковна, я наверное уже пойду... Вот вам все мои контакты, звоните в любое время без стеснения. И поверьте, для меня общение с вами, как глоток свежего воздуха!

И с этими словами он ушел.

Елизавета Марковна еще полчаса сидела в кресле, глубоко задумавшись, а потом позвонила подруге, с которой дружила с детства. Та тоже жила одна. И ближе друг друга у них никого не было.

— Зиночка, ты даже вообразить себе не можешь, что со мной случилось!

— Хорошее или плохое?

— Невероятное!

— Рассказывай!

Елизавета Марковна рассказала.

— С ума сойти! А сколько ему лет?

— За сорок.

— А как он выглядит?

— Он интересный, что называется, кряжистый мужик, широкоплечий, крепкий, руки такие здоровенные.

— Лысый?

— О нет! У него красивые волосы, что называется, соль с перцем, слегка вьющиеся, глаза такие умные, проницательные, улыбка чудесная...

— Лизка, нешто ты влюбилась?

— Не смеши меня, Зина! Просто когда тебе семьдесят два года и ты считаешь, что на всем свете, кроме такой старой кошелки, как Зина, у тебя никого нет... Поневоле восхитишься таким вниманием. И обаянием. Но у тебя хоть в Австралии есть сын, а у меня... сама знаешь... — голос Елизаветы Марковны дрогнул. — Ты пойми, это ведь Паша договорился с другом, что тот не оставит его мать. И тот не оставил... А прислал ко мне этого Федора Федоровича, который оказался просто душа-человек!..

— Ладно, подруга, не вздумай плакать, хватит, отплакала уже свое.

— И ты знаешь, он мне признался, что буквально на днях ушел от жены.

— О! Лизаня, я знаю, чем тебе заняться — подыскивай ему новую жену!

— И где я должна искать? — фыркнула Елизавета Марковна.

— Вместе будем думать, скрести по сусекам...

Глава третья

— Ну, Федор Федорович, вижу, нравится тебе мое предложение.

— Нравится, не скрою! Хотя ответственность такая, что... И я чувствую, там еще разгребать и разгребать.

— Но ты же это умеешь, как никто! Зато и деньги совсем другие, а они лишними не бывают, у тебя семья...

— Погоди, Игорь Палыч, я хотел сказать... Ушел я из семьи-то...

— А мне что за дело? Парткомов нынче нету, живи как знаешь. А с квартирой что?

— Пока в гостинице, потом сниму что-нибудь.

— Нет, на такой работе мыкаться с жильем — последнее дело. Короче, раз так, выделим тебе ведомственную квартиру, но только на год. А за год ты уж как-нибудь устроишься. Ипотеку возьмешь или еще что… Квартира хорошая, новая, недалеко от офиса, пешком десять минут.

— О, это то, что надо!

— Смотреть квартиру будешь?

— Да зачем? Что мне одному-то надо!

— Тоже верно!

— Игорь Палыч, а может, я сразу на работу выйду?

— Нет уж, положен тебе отпуск, гуляй! Отдохни как следует, чтобы со свежей головой к новому делу приступить. Даже не заикайся! Езжай куда-нибудь к морю. Если хочешь, путевочку тебе подберем…

— Да нет, спасибо, я уж как-нибудь сам.

— Ну, как угодно! Скажу тебе, Федор Федорович, я здорово рад, что ты возглавишь это направление, таких работников, как ты, поискать — не сыщешь! А главное, ты организатор, как говорится, божьей милостью.

— Спасибо, Игорь Палыч, захвалил! Неудобно даже.

— Ладно, не скромничай, небось и сам себе цену знаешь!

— Ну, мало ли кто как себя оценивает, а вот чтоб начальство тебя верно оценивало, это не часто бывает.

— Ну, все, Федор Федорыч, ступай в отдел кадров, а Валя, секретарша моя, тебе туда ключи и адресок доставит.

— Спасибо!

Они обменялись крепким рукопожатием и Федор Федорович ушел. Весьма и весьма довольный. За год я уж как-нибудь устроюсь с квартирой, а первое время, пока буду разбираться с делами на новом месте, прикидывал он, буду жить спокойно и ни о чем не думать.

Он созвонился с Ильей и они договорились встретиться вечером.

При встрече обнялись.

— Привет, дружище! Какой ты стал… матерый!

— Матерый? — засмеялся Федор Федорович.

— Ага! Именно! Просто богатырь!

— Меня одна дама недавно с Ильей Муромцем сравнила.

— И что за дама? — игриво улыбнулся Илья Станиславович.

— Ей семьдесят два, — лаконично ответил Федор Федорович.

Илья рассмеялся.

— Ну, друг, рассказывай!

— Что?

— Какие перспективы, что за работа?

— Перспективы — головокружительные, работа уж точно не для Ильи Муромца, а скорее для Геракла.

— Авгиевы конюшни разгребать?

— Да, но мне не впервой, потому и позвали. Платить будут как минимум достойно. Знаешь, Илюшка, я это люблю... Начинать на новом месте, наводить порядок, отлаживать механизм так, чтобы он работал как часы даже без моего участия. Понимаешь, я знаю точно, что я это могу! И за это стоит выпить!

— Ох как у тебя глаза блестят! А тебя не сожрут завистники?

— Попытаются! Всегда пытаются... Но они все, как правило, недостаточно компетентны, а в нашем деле некомпетентность очень быстро проявляется, и я умею ее распознать на раз. И безжалостно расстаюсь с такими типами. Так что, как видишь, пока не сожрали, авось и тут не сожрут. Я им не по зубам! И знаешь, Илюха, я признаюсь тебе, как старому другу: я даже рад, что все так вышло с семьей.

— Да погоди ты, вот прознает твоя женушка, как ты высоко взлетел, приползет еще...

— Илюха, ты меня, выходит, совсем не знаешь! У меня нет значит нет!

— А с дочкой видеться будешь?

— Конечно! А как же! Я же хочу ее забрать...

— Да, Федя, ты силен! Куда девался тот парнишка из «Керосинки»...

— Ага, деревенский увалень.

— Да если б ты не сказал, что деревенский, я бы не поверил. Ты в нашей компашке был самым образованным и продвинутым!

— Потому что грызть гранит науки вползуба нельзя! Вот я и грыз...

— Да ладно, ты просто способный как черт!

— Серость непроцарапанная! — засмеялся Федор Федорович. — Ладно, что мы все обо мне да обо мне? Что у тебя-то, Илюха?

— Ну, что касается работы, все путем, клиентура хорошая, репутация — тоже, а с семьей... облом! Так что оба мы теперь холостяки...

— В жизни не поверю, что у тебя нет запасных вариантов!

— Беда в том, что любая более или менее сносная баба непременно через два-три месяца заговаривает о браке, а этого я не хочу.

— Да, понимаю... А чего все-таки с Женей-то вышло? Нешто так ее недостаток толерантности замучил? Или там кто-то затесался?

— Да явно затесался кто-то супертолерантный. Да нехай. Баба с возу...

— Кобыле, конечно, легче, — усмехнулся Федор Федорович, — а жеребцу?

— Ну, Федька, ты даешь! — фыркнул Илья Станиславович. — А жеребцу вольготнее, когда баба с возу! А ты куда это пялишься, старик? Ох, нет! Это негодный товар!

— Почему? Очень даже аппетитненькая...

— Ты спятил? У нее же сиськи силиконовые!

— С чего ты взял?

— Да она вся ненатуральная, губы накачанные, сиськи тоже. Фу! Я знаю таких... Пробовал, гадость! Баба должна быть натуральной.

— Вообще-то я согласен.

— Знаешь, я однажды летел из Женевы, так у одной девицы в самолете силиконовая сиська лопнула... Визгу было!

— Ой, жуть какая! — поморщился Федор Федорович. И даже поежился.

— Ну, Федь, а что насчет отпуска? Дают тебе?

— Дают!

— Федь, есть предложение!

— По поводу отпуска?

— Ну да! А слабо полететь на Кубу?

— На Кубу? — крайне удивился Федор Федорович. — Зачем?

— Там такая рыбалка! Я был там в позапрошлом году, здоровущего марлина поймал, и вообще... Сказка!

— Там купаться-то можно?

— Райское купание!

— Погоди, а марлин... это что-то из Хемингуэя?

— Точно! Любишь старика Хэма?

— Да не особенно! Но... Ладно, на Кубу так на Кубу!

— Федька, уважаю! Я сию минуту этим займусь!

И Илья углубился в свой айфон.

А Федор Федорович подумал: улететь на другой край света вдвоем со старым другом, купаться в океане, ловить рыбу — что может быть лучше перед началом новой жизни!

— Ну, Федор, порядок! Летим через пять дней, рейс Москва—Гавана, отель я заказал тот, где был в прошлый раз.

— Илюха, а что надо брать с собой?

— Да что вздумается… плавки, шорты, шлепанцы какие-нибудь, на голову что-то, чтоб не напекло… Ты что, никогда на курорты не ездил?

— Да ездил, будь они прокляты! Верка заставляла меня вечером галстук надевать.

— Галстук? Нет, Федя, галстуки брать не надо!

— А снасти?

— Это моя забота, ты ж в них, насколько я понимаю, ни хрена не смыслишь?

— Правильно понимаешь!

— Вот за что люблю тебя, серость ты непроцарапанная, за умение принимать скорые решения! Это класс!

Федор Федорович наведался в свое новое жилище. Квартира была совершенно необжитая. Ладно, обживу, когда вернусь с Кубы. Надо же,

Куба… Сразу вспомнилась старая песня «Куба далеко, Куба далеко, Куба рядом, это говорим, это говорим мы!»

На другой день Федор Федорович решил позвонить дочери по скайпу. Но она не ответила. Странно, раньше она обожала эти разговоры с отцом. Уж не заболела ли? Или просто не слышит? Он подождал четверть часа и позвонил снова. Все то же. Тогда он позвонил на дачный телефон. Там абонент не определялся.

— Алло! Слушаю! — узнал он голос тещи. Его передернуло.

— Добрый день, Калерия Степановна. А где Сашка, почему к телефону не подходит?

— А не хочет! Не желает она с тобой, прохиндеем, разговаривать! Ишь чего надумал — жену с ребенком бросить, кукусик чертов! Ты чем думаешь вообще?

— Калерия Степановна, — сквозь зубы процедил Федор Федорович, — я не желаю выслушивать ваши хамские выпады, вы всегда считали, что я недостоин вашей прекрасной дочки, так радуйтесь, что она, наконец, освободилась от меня, она теперь вольна привести в дом любого, меня это уже не колышет, но с дочерью я буду общаться, если не хотите мирным путем, что ж, будем воевать, только это вам вряд ли выгодно. Я в любом случае буду давать деньги на дочь, но уж субсидий на вольную жизнь ее мамаши не будет.

— Это ты что сейчас сказал?

— По-моему, ясно: если мне будут чинить препятствия и не давать общаться с дочерью, то денег, кроме как на содержание Шурки, больше не будет.

— А кто тебе сказал, кукусик, что мы будем чинить препятствия? Даже не собираемся! А Сашка сейчас в огороде с подружкой сюсюрится!

— Так позовите ее, уж будьте так любезны!

— Сейчас позову!

— Я перезвоню через пять минут на ее телефон!

— Как хочешь!

Да, прав Илюха, тут ключевое слово — деньги. И слава богу! К счастью, они не знают, сколько я буду получать на новом месте, а то аппетиты так могут возрасти... Ну да ничего, я все равно заберу Шурку!

Он снова набрал номер дочери. На сей раз она ответила. Но радости на ее мордашке не было. Она смотрела на отца исподлобья.

— Привет, солнышко!

— Здравствуй!

— Ну как ты?

— Плохо!

— А что такое?

— Меня папа бросил!

— Папа тебя не бросил. Ты решительно отказалась ехать со мной на море, наслушавшись всякой чепухи. Но я все равно никогда тебя не брошу, а с мамой мы расстались. Я через четыре дня уезжаю очень далеко и хотел бы повидать тебя. Если хочешь, могу хоть сегодня приехать за тобой, поедем куда захочешь, в парк на аттракционы. Или ты хотела в планетарий, я помню?

— Расхотела!

— А куда ты хочешь?

— В океанариум, к акулам!

— Ну, к акулам так к акулам! Я готов. А потом пойдем в кафе. Ты же любишь ходить в кафе...

— Только я должна спросить у бабушки...

— Спроси.

Разрешение было получено. Деньги для бабушки превыше всего!

Глава четвертая

Они встретились с Ильей, чтобы обговорить все, за сутки до вылета.

— Сколько туда лететь-то? — спросил Федор Федорович.

— Часов двенадцать с хвостом.

— Ох, грехи наши тяжкие, — вздохнул Федор Федорович. — Ну ничего, я умею спать в самолете, привык далеко летать.

— Федя, я вот тут составил список самого необходимого. Постарайся ничего не забыть, там лучше ничего не покупать. Враз облапошат, да так мило и весело, что и не заметишь! Федь, а ты чего кислый какой-то...

— Да с дочкой встречался.

— И что?

— Знаешь, раньше она всегда радовалась, когда мы с ней вдвоем куда-то ходили или ездили, а тут... вся какая-то надутая и как будто настороженная...

— Понятное дело, ее там против папаши насюсюрили как следует.

— Я никак не мог к ней пробиться. Раньше мы с ней болтали часами, она говорила, как со мной хорошо, я на любой вопрос могу ей ответить, а тут... Ни о чем не спрашивала, будто какую-то повинность отбывала. Боюсь я за нее.

— Федя, будь реалистом. Забрать ее сейчас ты не можешь в силу самых разных обстоятельств, а влияние двух таких скверных баб вполне предсказуемо. А ты говорил ей, что собираешься в будущем ее забрать?

— Не говорил. Только спросил, хотела бы она в принципе жить со мной.

— А она что?

— Спросила: а кто будет меня воспитывать? И кто будет кормить? Какая-нибудь чужая тетка, которая запросто меня отравит.

— Тьфу ты! Федь, ты сам виноват!

— Да знаю... Надо было уходить, когда она еще была несмышленая... А я... Взбеленился, когда в своей драгоценной тачке запах чужого мужика учуял. Но это была последняя капля.

Знаешь, если бы я просто на побывку приехал, ничего бы не произошло. Я всегда весь в своей работе, в делах, а тут перерыв образовался... Идиот я, болван конченый...

— Ничего, Федя, встретишь ты еще нормальную женщину.

— И что? Будет с кем трахаться без проблем?

— Ты циник, Федя! Нет, нормальная женщина умеет не только дать мужику, но и дать ему ощущение уюта, семьи, крепкого тыла...

— Илюха, это все в теории. Вот у тебя есть такая женщина?

— Чего нет, того нет, но я понимаю, к чему надо стремиться! — засмеялся Илья.

— Ну, с твоей подачи, пожалуй, и я это понял, — грустно улыбнулся Федор Федорович.

— Не дрейфь, дружище! Полетим на Кубу и там все горести вылетят из головы.

Они договорились встретиться в Шереметьеве. Федор Федорович поехал домой, собирать чемодан. Вещи свои он забрал из квартиры, где, слава богу, не столкнулся с женой. Но встреча с дочерью тяжким грузом лежала на душе. Я, кажется, первый раз в жизни не знаю, что мне делать. Черт-те что! Он уже подходил к подъезду, как вдруг его окликнул женский голос.

— Простите ради бога! Вы случайно не видели собаку, такую большую, рыжую, несказанной красоты?

— Несказанной красоты? — улыбнулся он.

— Да! Он убежал... я бегаю, кричу-кричу, а его нигде нет...

Женщина показалась ему довольно невзрачной, впрочем она была заплакана, губы дрожали.

— Давно пес удрал?

— Да уж часа два...

— У него есть вообще такая привычка?

— Да нет, в том-то и дело! Он еще молодой, и всегда был такой послушный... Мы его спокойно спускали с поводка. Он никогда далеко не уходил... — рыдала женщина. — Господи, что же мне делать?

— Суду все ясно. Он просто учуял течную сучку и дунул за ней. А в какую сторону он побежал, вы заметили?

— Да, вон туда, но там парк... ночью страшно...

— Ну вот что, пойдемте туда, со мной вам не страшно?

— Господи, с вами нет, не страшно почему-то, — сквозь слезы улыбнулась женщина. — И вы пойдете искать чужую собаку?

— Пойду, очень охота взглянуть на пса несказанной красоты. А как его зовут?

— Апельсиныч!

— Как? — не поверил своим ушам Федор Федорович.

— Апельсиныч, — смущенно повторила женщина. — Понимаете, он такого апельсинового цвета... Мне ужасно нравится это имя, только вот звать его неудобно, люди на меня как на сумасшедшую смотрят.

— И мне нравится... Апельсиныч... Нежно и оригинально.

— Вы и правда так считаете?

— Святой истинный крест!

Они вошли в парк.

— Вы с ним здесь гуляете?

— Гуляю, только утром. Вечером я боюсь.

— И это правильно. У вас есть постоянный маршрут?

— Да. Вы думаете...

— Я предполагаю. Пойдемте тем же путем.

Они пошли по аллее, время от времени женщина кричала как-то робко:

— Апельсиныч! Апельсиныч!

— Стоп! — скомандовал вдруг Федор Федорович. — А это часом не ваш Апельсиныч лежит? — испугался вдруг Федор Федорович. Что если собаку убили? — Погодите, стойте тут, я сам!

Женщина замерла, в ужасе прижав ладонь к губам.

Федор Федорович в несколько прыжков оказался возле куста. Пес даже головы не поднял. Он спал крепким сном.

— Апельсиныч! — позвал он.

Пес поднял голову и вскочил, но Федор Федорович успел схватить его за ошейник.

— Поздравляю, брат, ясно, догнал ты сучку... Ну, пошли, вон хозяйка твоя уже бежит!

— Господи, спасибо вам, ты что, противный, разве так можно?

— Можно, — засмеялся Федор Федорович, — знаете ли, первый сексуальный опыт часто сбивает с ног. Он дрых так крепко, что легко подпустил меня к себе. А впрямь красив невероятно! И имя Апельсиныч ему очень идет, только придется вам его помыть.

— Да господи, счастье-то какое! Ох, а я даже не спросила, как вас зовут.

— Федор Федорович, а вас?

— Бэлла. Бэлла Михайловна.

— Очень приятно!

— Спасибо вам, Федор Федорович, у меня просто слов нет...

— Да ладно, рад был помочь! А пес у вас чудесный. Это какая-то порода?

— Да нет, так, двор-терьер! Муж хотел его Лисом назвать, но я настояла на Апельсиныче.

— И правильно! Лисы — они какие-то неприятные звери, у них выражение морды хищное, а у этого, можно сказать, благородный лик!

— Любите собак?

— В общем да. Но у меня никогда собаки не было...

Собака! Надо будет завести собаку, — радостно соображал Федор Федорович, вот вернусь с Кубы... Все не так одиноко будет, но, с другой стороны с собакой надо гулять как минимум дважды в день... Ничего, утром встану пораньше, не проблема, буду с ней бегать в парке, и вечером... А если командировка? Ничего, найму кого-нибудь, чтоб гуляли... И домработницу, кстати, надо будет найти, такую, чтоб гуляла с псом... И щенка брать нельзя, с ними возни не меньше, чем с младенцем, просто поеду на Птичий рынок или, еще лучше, в приют... Ох, хорошо... заживу... Так, в мечтах о собаке, он уснул. А утром улетел на Кубу.

Ах, как хорошо вдруг улететь за тридевять земель вдвоем со старым другом, в совершенно новую реальность, где вдруг получилось ни о чем не думать, ни о работе, ни о разрушенной семье, и мечты о собаке отошли даже не на второй, а на... пятый план! Федор Федорович радовался как ребенок!

— Ох, Илюха, спасибо тебе, друг, я так отдохнул, как будто заново родился! И сил набрался, кажется, горы могу свернуть! — говорил он Илье в последний их кубинский вечер.

— А какие горы? Уральские? — усмехнулся Илья. — По-моему, их ты и до Кубы запросто свернул бы...

— А сейчас — Гималаи! — расхохотался Федор Федорович.

— Ну ты и наглец!

— К сожалению, в моей работе наглость — одно из необходимых качеств.

— А я думал, что в моей! — улыбнулся адвокат Илья.

Глава пятая

Прошло два месяца. Федор Федорович был так занят, что времени ни на что не оставалось. Какая там собака! Он успевал только изредка звонить дочери и с каждым разговором все отчетливее понимал, что теряет ее. Однажды он все же сумел вытащить ее и повел в кукольный театр, где она сидела с недовольной миной, а потом они пошли в кафе. Но он никак не находил с ней общего языка. Отвезя девочку домой, он решил — пора действовать. Надо подать на развод! Илья порекомендовал ему адвоката, ушлую пожилую даму Анну Валентиновну, которая сказала ему примерно то же, что в свое время Илья. Проблем с разводом не будет, поскольку он все имущество оставил супруге.

— А вы сохранили квитанции о переводе денег?

— Да, разумеется.

— Тогда, повторяю, проблем с разводом не будет, а вот с правами на ребенка... Пока шансов мало. Только если у вас есть компромат на супругу.

— Да нет никакого компромата!

— Ну, насколько я поняла, у вашей супруги, скорее всего, есть компромат на вас...

— Какой компромат? Откуда?

— Ну, было бы желание, а компромат на мужа, который месяцами не жил дома, всегда можно нарыть...

— Понимаю, да. Она же тоже наймет адвоката... И он что-то да нароет...

— Вы же не монах! — тонко улыбнулась Анна Валентиновна. — А там уж как это все подать... Но одно хорошо, противная сторона о ваших намерениях не подозревает?

— Нет!

— Короче, пока только один совет — наберитесь терпения... Устраивайте свою жизнь, приобретите собственное жилье, если возможно, женитесь, пусть даже фиктивно.

— А без женитьбы нельзя?

— На худой конец можно, однако в семью ребенка легче забрать. Вы на развод уже подали?

— Пока нет. Со временем зарез...

— Тогда лучше повремените. И регулярно давайте деньги. Ваша супруга успокоится. И еще — установите за женой негласное наблюдение...

— Слежку что ли? — вскинулся Федор Федорович.

— Ну да, это может очень пригодиться в дальнейшем.

— Нет, не хочу! Это гадко, — брезгливо поморщился Федор Федорович.

— Ох уж эти мне порядочные люди! — шутливо посетовала адвокатесса.

После встречи с нею Федор Федорович позвонил Илье.

— Ну что? — спросил тот.

— На хрена мне нужна была эта тетка! Она сказала ровно все то же, что и ты в свое время. Практически слово в слово!

— Да я думаю, любой разумный человек даже без юридического образования сказал бы тебе то же самое, — хмыкнул Илья, — но ты привык доверять профессионалам.

— Ну и как быть?

— Знаешь, Федька, я думаю, надо просто смириться. Твой образ жизни не предполагает нормального воспитания ребенка, и, боюсь, никакой суд не решит дела в твою пользу, если только ты не обольешь супружницу и ее мамашу грязью, а ты этого не сделаешь, и потом, что, собственно, ты можешь предъявить им? Кукусиков и сюсюриков? Смешно, ей-богу. Ты мог бы рассчитывать на горячую любовь к тебе ребенка, но, похоже, этой любви и в помине нет?

— Похоже на то... И что ты хочешь сказать, что я проморгал свою дочь?

— Боюсь, что так. Ты всегда делал выбор в пользу работы, и не мог не понимать, что кукусики и сюсюрики окажут воздействие...

— То есть ты хочешь сказать, что я кругом болван?

— О нет, не кругом! Ты умнейший мужик, талантливый, но одержимый работой. У тебя была семья... ты жил себе и жил... И, может, прожил бы до старости... Но вдруг тебя что-то торкнуло, глаза и уши открылись... Ищи-ка ты,

Федя, себе хорошую бабу, женись, роди ребенка, теперь ты, похоже, уже осел в Москве... А с Шуркой будешь видеться, воскресный папа, так сказать. Может, с годами девчонка сама многое поймет, и еще посмеется над сюсюриками...

— Дай-то бог... — проговорил убитым голосом Федор Федорович.

— Федор Федорович, — сказала ему немолодая, но исключительно толковая секретарша Елена Матвеевна, — вам необходимо сделать нотариально заверенную копию паспорта.

— Хорошо, сделаю, — кивнул он.

— Давайте мне паспорт, я сделаю ксерокопию, а вам останется только наведаться к нотариусу. Здесь, на третьем этаже, есть нотариальная контора, мы пользуемся их услугами, я вас запишу, и у вас это займет максимум десять минут.

— Ох, спасибо, Елена Матвеевна, что бы я без вас делал! — Федор Федорович приложил руку к сердцу.

— А я вам, Федор Федорович, признательна за то, что не выгнали меня на пенсию, как мне многие тут предрекали.

— Серьезно? Они думали, я возьму на ваше место юную красотулю?

— Люди стандартно мыслят.

— Ну и бог с ними. Просто нам с вами обоим повезло, так ведь?

— Кажется, да! — широко улыбнулась Елена Матвеевна.

Он спустился на третий этаж высотки, в которой его контора занимала целых четыре этажа. Походил по коридорам в поисках нотариальной конторы. Ага, вот она! Там ожидало своей очереди человек пять.

— Будете за мной! — сказала толстая тетка, вся обтянутая люрексом.

— Но я записан ровно на одиннадцать! — возразил Федор Федорович.

— Мы все тут записаны. Но обычно у них два нотариуса, а сегодня только один.

В этот момент на пороге возникла элегантная дама лет пятидесяти:

— Господа, прошу вас, не волнуйтесь! Всех примем, простите, но у второго нотариуса сердечный приступ. Сами понимаете, она работать сегодня не в состоянии. Тут кто-то по наследственным и имущественным делам, а кому-то просто нужно заверить документы, это пять минут. Не сердитесь, в жизни такое случается... Кому заверить что-то?

— Мне! Я на одиннадцать!

— Что у вас?

— Вот!

— О! У вас уже готовая копия? Это минутное дело!

Люди в очереди притихли. А этот дядька, с копией паспорта, видно, какой-то большой начальник, но ведет себя прилично, пальцы не гнет...

Федор Федорович, дожидаясь лифта, вдруг вспомнил, что в доме, где жила Елизавета Марковна, тоже есть нотариальная контора. Как стыдно, я совершенно забыл о ней! Вот замотался. И он вытащил из кармана телефон.

— Елизавета Марковна, дорогая, простите меня!

— Федор Федорович, вы?

— Я! Вы позволите пригласить вас сегодня поужинать со мной?

— Ох нет, сегодня никак не получится, может, в другой раз...

— У вас что-то случилось?

— Нет-нет, просто должна пойти к соседке на день рождения. Только и всего. А как вы, Федор Федорович, дорогой вы мой? Как ваша новая работа?

— Ох, работа интересная, но занимает практически все время, вздохнуть некогда.

— Простите, дорогой мой, за бестактный вопрос: вы вернулись в семью?

— Нет. Живу бобылем. Но в данной ситуации это даже неплохо. Никто ничем не попрекает.

— А дом кто ведет?

— Да пока никто, ищу домработницу, но даже на это времени нет.

— Федор Федорович, кажется, я могла бы вам помочь. У меня есть знакомая, она превосходная хозяйка, не так давно вышла на пенсию, но сами понимаете, на это жить трудно, и она хотела бы...

— Господи, Елизавета Марковна, я был бы вам по гроб жизни обязан! — взмолился Федор Федорович.

— В таком случае, голубчик, приезжайте ко мне завтра вечерком, я вас познакомлю. Я за нее могу ручаться, как за себя, это в высшей степени достойная женщина...

— Буду! — воскликнул Федор Федорович. — Часов в восемь, это не поздно?

— Да нет же! Приезжайте! Я покормлю вас ужином...

— Ох, спасибо!

— Надеюсь, вы договоритесь с Танечкой.

— Договоримся, я уверен!

Татьяна Андреевна оказалась очень милой и даже миловидной женщиной с доброй и чуть смущенной улыбкой. Но Федор Федорович ей сразу понравился. Он обещал платить ей вдвое больше того, что она запросила.

— Ох, это много... — смутилась она.

— Скажите, а как вы относитесь к собакам?

— У вас есть собака?

— Нет пока, но я мечтаю завести, однако гулять с ней смогу только утром и поздно вечером. Вы согласились бы выводить ее днем?

— Я люблю собак, у меня тоже был пес... Он попал под машину... А другого не хочу! А вы хотите какую-то определенную породу?

— Да нет... Просто хочу собаку, у меня никогда не было собаки...

— Федор Федорович, вас сам бог послал! — воскликнула вдруг Татьяна Андреевна, молитвенно сложив руки. — У моей старшей сестры погибли сын и невестка, а у них осталась собака, чудесная, умная, красивая, а сестра с ней не справится, она не умеет с животными, а уж теперь, когда так убита горем... Умоляю, возьмите этого пса!

— А что за пес-то? — живо заинтересовался Федор Федорович.

— Сейчас вам покажу!

Женщина вытащила телефон, довольно долго искала что-то.

— Вот, гляньте!

— Апельсиныч? Его зовут Апельсиныч? — воскликнул Федор Федорович.

— Вы его знаете? — потрясенно проговорила Татьяна Андреевна.

— Погодите-ка, Бэлла Михайловна погибла?

— Вы ее знали?

— Собственно, нет, не знал, просто однажды помог ей искать этого самого Апельсиныча... Ох, горе-то какое... Ее муж был вашим племянником?

— Двоюродным. Но он был плохой человек.

— Таня, нельзя так о покойнике! — воскликнула Елизавета Марковна. — Но какое совпадение!

— А дети там остались?

— Не было у них детей, он ни за что не хотел, все Бэлле говорил — хватит с тебя собаки...

— Я возьму! Возьму Апельсиныча... — страшно воодушевился Федор Федорович. — Готов хоть сейчас за ним ехать! Это такой пес!

— Сейчас не нужно, он пока за городом, у Бэллочкиных знакомых, но они не хотят его оставлять... Я сейчас им позвоню и договорюсь, когда лучше за ним приехать. А я буду с ним гулять, не сомневайтесь, я умею с собаками!

Татьяна Андреевна вышла из комнаты и позвонила куда-то. Вскоре она вернулась.

— Ох, они обрадовались! Если можно в субботу?

— Да, хорошо, вы со мной поедете?

— Ну конечно, Федор Федорович, а завтра я уже могу прийти к вам, ну там убраться, сготовить... И списочек вам напишу, что надо для собаки...

— Да-да, прекрасно, моя секретарша все закажет, у меня даже на это времени в будние дни нету. Сможете завтра приехать к восьми? Я вам все покажу...

— Елена Матвеевна, не сочтите за труд, закажите мне все по этому списку и пусть доставят прямо сюда.

— Федор Федорович, вы что, собаку купили? — поразилась секретарша.

— Не купил, а усыновил сироту. Хозяева погибли...

Но тут зазвонил телефон и он, ничего не объяснив, с головой погрузился в дела.

Усыновил осиротевшую собаку... Похоже и впрямь хороший человек, а что иной раз устраивает такие разносы сотрудникам и партнерам, что те выходят от него бледные или, наоборот, багровые, это нормально. Руководитель отлаживает разболтавшийся механизм управления.

Поздно вечером Федор Федорович вернулся в чисто убранную квартиру. На плите его дожидался ужин.

Черт возьми, хорошо! А в субботу тут будет Апельсиныч! Ох, кажется я радуюсь чужому горю! А ведь у Апельсиныча тоже горе. Мы с ним оба сироты... вдруг пожалел себя Федор Федорович. Он поел, все было вкусно. Убрал посуду и подошел к окну. Осень. Еще не золотая, но... Скоро зима. Он не любил зиму. Он остался сиротой в десять лет. Отца он вообще не знал, а мать спилась и умерла от воспаления легких. Его приютила учительница русского и литературы, Агния Петровна. Он был ее любимым учеником. Учился блестяще, окончил школу с золотой медалью и легко поступил в Керосинку. Агния Петровна безмерно им гордилась. Но и она умерла, когда он был уже на третьем курсе. У него была комната в коммуналке, куда он и вернулся после смерти Агнии Петровны, так как на ее квартиру претендовала ее сноха, вдова умершего сына. Ему предлагали остаться на кафедре, защитить диссертацию, но он решил, что надо сперва научиться зарабатывать деньги, и уехал в Когалым, который только еще начинал развиваться. Там он пришелся ко двору и быстро пошел в гору. Толковый, хорошо разбирающийся в людях, к тому же отличный организатор, он

пользовался расположением большого начальства, да и женщины ему благоволили. Настоящий
мужик, так говорили о нем. Но он был одержим
своим делом, и легко защитил кандидатскую.
А потом уж и докторскую. Будучи еще кандида-
том технических наук, он в командировке познакомился с красавицей Верой. Она умела нравить-
ся, была неглупа и могла сделать честь любому
мужчине, так ему тогда казалось. И через полгода он сделал ей предложение. Оно было при-
нято. Он купил в Москве хорошую квартиру, и
они зажили. Но через год из Хабаровская приехала теща, Калерия Степановна, и он пришел в
ужас! И быстренько купил небольшой дачный
домик: теща жаждала развести огород.

— Вот хорошо, зятек, буду в огороде сюсюриться, свежими овощами жену твою кормить,
пока ты там в глуши вкалываешь. Она скоро небось тебе наследника родит. На овощах и фрук-
тах без нитратов здоровое потомство-то будет,
кукусик!

Однажды он случайно услыхал разговор матери с дочерью:

— Верунчик, ты куда это намылилась?

— На банкет! Федя докторскую защитил...

— Да ты что! И как ему, серости непроцарапанной, удалось? Небось заплатил кому надо.
И что ты в нем нашла, дурища? Вон Севка твой
каким артистом стал! Это я понимаю… А Федя
твой… Одно слово, кукусик!

В первый момент он на эту «серость непро-
царапанную» обиделся, но тут же ему стало
смешно, тоже мне дама из высшего общества!
А вот кукусики и сюсюрики раздражали его до
зубовного скрежета. Но так как в Москве он
бывал нечасто и не подолгу, то научился просто
не обращать на тещу внимания, тем более что,
когда родилась Шурка, помощь тещи оказалась
весьма кстати. Но сейчас он отчетливо понял,
что, собственно, потерял ребенка. Шурка сама
не захочет жить с ним, ее так настроили. Видимо,
придется смириться с ролью воскресного папы,
как это ни печально…

В пятницу он задержался на работе допоздна.
Было уже около одиннадцати, когда он опомнился. Почти все сотрудники разошлись, в том чис-
ле и Елена Матвеевна. Так не годится, ведь завтра у меня поселится Апельсиныч, и нельзя

заставлять пса мучиться до поздней ночи. Он встал, потянулся, выпил остывший чай и подошел к окну. За окном расстилалась ночная Москва. Вид с шестнадцатого этажа открывался потрясающий. Черт, днем даже в окно взглянуть некогда. Вон на какую высоту забрался Федька-приемыш! Так его дразнили в школе, впрочем, его это не задевало. Еще его звали зубрилой, хотя он никогда ничего не зубрил, все ему давалось слету! Но зато бил морды обидчикам, за что ему здорово влетало от Агнии Петровны. Вот она бы сейчас мной гордилась! И, я уверен, не осудила бы меня за уход из семьи. Ну ладно, пора домой! Благо, тут десять минут пешком. Новая машина, опять «Вольво», большую часть времени стояла в гараже, он еще не успел полюбить ее, как ту, прежнюю, оскверненную...

Федор Федорович волновался. Как его примет осиротевший пес?

Приютившая его женщина сказала:

— Ох, хорошо, что вы его заберете, а то я и не знаю, что с ним делать, лежит целыми днями у крыльца, не ест, только воду пьет, нос горячий, отощал совсем, бедолага...

— Апельсиныч! — негромко позвал Федор Федорович.

Пес даже головы не поднял.

Тогда Федор Федорович подошел к нему, присел на корточки, погладил, почесал за ухом.

— Апельсиныч, здравствуй! Ты меня не помнишь? Подымайся, брат, поедем ко мне жить, что ж делать, такое горе, я понимаю, но жить-то все равно надо, ты молодой еще совсем. Погоревал и будет. Ну как, поедешь ко мне?

Пес вдруг поднял голову и посмотрел на нового хозяина. Кажется, он за мной приехал, кажется, он добрый, и совсем неопасный... Наверное стоит взять его в хозяева. Он большой, в обиду не даст и голодным не оставит... А я такой голодный... Ой, а он уже дает мне что-то вкусное... Оно так пахнет...

И Апельсиныч взял с ладони нового хозяина кусочек вареного мяса, припасенного Татьяной Андреевной.

— Ах ты милый! — обрадовался Федор Федорович. — Вот, возьми еще!

Пес поднялся, сел и внимательно посмотрел в глаза нового хозяина. И ткнулся носом ему в ладонь. Федор Федорович не удержался и поцеловал пса в пыльный лоб. Надел ему поводок. Апельсиныч попил воды из миски и вздохнул. Мол, я готов!

— Ну надо же, сразу вас признал! — обрадовалась хозяйка дома. — Вот спасибо вам!

Татьяна Андреевна не поехала с ними, осталась погостить. А Апельсиныч уселся на переднее сиденье. Ему понравилась машина, в ней не пахло ничем противным, ни сладкими духами, ни пивом... И от нового хозяина пахло приятно. Кажется, мне с ним будет хорошо...

Глава шестая

— Скажи, Матвевна, а что это у Свиридова на столе стоит фотка собаки, а не жены или любовницы? — спросила любопытная уборщица тетя Клава.

— А вот затем, чтобы все, кому не лень, свой нос в его дела не совали.

— А у него жена-то есть?

— Это не мое дело! И уж тем более не твое!

— Да ладно тебе, Матвевна, все равно ж рано или поздно все узнают. Только, может, он больной? Почитай уж полгода тут работает, а еще ни одну бабенку не оприходовал. А девки на него заглядываются...

— А теперь, Клава, опасно с девками на работе дело иметь, засудить могут... Все, убрала — и иди с глаз долой!

— Да иду, иду!

В самом деле, личная жизнь начальника живо интересовала женскую, правда, немногочисленную, часть коллектива. Сведения о ней были столь скудны, что не давали пищи для пересудов. Был женат, есть дочь, живет один в ведомственной квартире, собака у него с дурацкой кличкой Апельсиныч, вот и вся информация...

Наступила зима, Федор Федорович буквально света белого не видел. Жизнь была расписана по минутам. Перевести дух удавалось только на прогулках с Апельсинычем. Он здорово привязался к собаке. И Апельсиныч тоже беззаветно полюбил нового хозяина. А какое счастье валяться в снегу, повизгивая от удовольствия, и видеть, как смеется хозяин. Обычно они гуляли рано утром и поздно вечером, а днем его выводила добрая женщина Татьяна Андреевна. По воскресеньям к хозяину приходила его дочка, и Апельсинычу казалось, что хозяин как-то заискивает перед нею, как-то суетится, что ли... А девочка Апельсинычу не нравилась, и хозяин в такие минуты тоже не нравился. Неправильно ведет себя. Иногда они ходили гулять втроем, и эти прогулки Апельсиныч не любил. Предпочитал, чтобы они куда-нибудь уходили вдвоем, а его оставляли дома. А когда хозяин возвращался один, пес радовался.

— Что, Апельсиныч, не нравится тебе моя Шурка?

Пес преданно смотрел в глаза хозяину. И если б мог, ответил бы: да, не нравится! Она чужая какая-то...

— Что ж поделаешь, я сам виноват... Она ж еще ребенок. Может, подрастет, поймет. Мне и самому с ней трудно... А знаешь, раньше мы дружили, любили друг друга... И мне от этого так хреново, Апельсиныч... Хорошо еще, что у меня столько работы, некогда ни о чем думать. И как хорошо, что ты у меня есть... Собака моя дорогая!

И хозяин целовал Апельсиныча в лоб, а тот взвизгивал от удовольствия.

Как-то в конце декабря они отправились на вечернюю прогулку в парк. Было светло от снега и ярких фонарей. Апельсиныч, спущенный с поводка, с наслаждением купался в снегу. У них

уже появилось немало знакомых собак и собач-
ников, впрочем, со многими Апельсиныч был
знаком еще при старых хозяевах. Но одну из
старых знакомых, шарпеиху Дотти, вернее, ее
хозяйку, Апельсиныч в последнее время невзлю-
бил. Она так явно клеилась к его хозяину, а хозяин, человек вежливый, почему-то не шугал ее,
они нередко прогуливались рядом и о чем-то бе-
седовали. Апельсинычу хотелось порвать ее в
клочья... Но во-первых он знал, что нельзя, а
во-вторых, не чувствовал ответного импульса со
стороны хозяина. Но сегодня, за три дня до Нового года, народу в парке было мало. Только
где-то впереди гуляла хозяйка боксерши Ники.
Пожилая добродушная женщина, при виде
Апельсиныча всегда восклицавшая: «Господи,
какой же ты красавец! Самая красивая собака в
Москве!» Они уже повернули домой, как вдруг
впереди появилась какая-то женщина без собаки,
а такие женщины совсем не интересовали Апельсиныча. Она шла быстро, с большим красивым
пакетом в руках. И вдруг откуда ни возьмись на
нее налетела другая женщина, тоже бессобачная,
пихнула ее в снег и принялась мутузить, что-то
истошно крича.

— Апельсиныч, ко мне! — хозяин схватил его за ошейник и опрометью бросился к дерущимся.

Первая женщина, опомнившись от неожиданности, не желала дать себя в обиду. Драка была нешуточная! Апельсиныч залаял! А хозяин, бросив его, принялся разнимать дерущихся женщин. Ему это не сразу удалось. Но он схватил за шиворот нападавшую, встряхнул как следует и поставил на ноги. Та продолжала истошно вопить:

— Будешь знать, сука рваная, как на чужих мужей зариться! Я тебе еще покажу! Кровью умоешься! — но накал ненависти уже несколько ослаб. — Зря вы, мужчина, влезли...

Федор Федорович только отмахнулся. Вторая женщина еще лежала на снегу, морщась от боли. Он помог ей тоже подняться.

— Стоять можете?

— Могу. Спасибо! — она отряхивала снег с шубки.

— Может, полицию вызвать?

Нападавшая при слове «полиция» припустилась бежать.

— Вы ее знаете? — спросил Федор Федорович.

— Если честно, первый раз вижу! — с трудом переводя дух, ответила женщина.

— Но, похоже, она вас знает, — не без иронии заметил Федор Федорович.

— Да она просто сумасшедшая.

— Вот, возьмите, — Федор Федорович подал женщине ее сумку, которая в пылу борьбы отлетела в сторону.

— Спасибо большое, вы такой галантный… В наше время это редкость… И какая у вас красивая собака!

— Вы далеко живете? Проводить вас? А то мало ли…

— Да нет, спасибо, я далеко живу, просто была тут у подруги, она заболела… Я вызову такси. Ох, а где же мой телефон? Кажется, я его выронила… — в голосе женщины послышалась паника. — Ох, у меня там вся жизнь… в этом телефоне.

Она принялась озираться вокруг.

— Не волнуйтесь, сейчас поищем! Мой пес незаменимый сыщик, я вечно что-то в доме теряю, он все находит.

Федор Федорович достал из кармана свой телефон и показал собаке.

— Апельсиныч, ищи!

— Как, вы сказали, его зовут? — поразилась женщина.

— Апельсиныч! — улыбнулся Федор Федорович.

Пес смотрел на хозяина, словно пытаясь понять, чего от него хотят. Потом вдруг сорвался с места и стал искать.

— Неужели найдет?

— Я надеюсь!

— Ох, простите, я даже не назвалась... Меня зовут Ираида... Ираида Валерьевна.

— Очень приятно, а я Федор Федорович. О, глядите, нашел!

В самом деле, Апельсиныч несся к ним, держа в зубах телефон.

— Ну надо же, кто бы сказал, не поверила бы... Ох, спасибо тебе, милый Апельсиныч! Какая чудесная кличка, ласковая... нежная...

— Да? Обычно все говорят, что кличка дурацкая, а мне нравится. Но, боюсь, ваш телефон может сейчас забастовать, он мокрый. Знаете что, тут рядышком есть кафе, куда пускают с Апельсинычем. Идемте, вы выпьете кофе или чаю, а я вызову вам такси.

— Ну что вы, я и так отняла у вас столько времени!

— Да ерунда. Идемте! Берите меня под руку, а то вы на каблуках...

— Вы просто невероятно любезны, Федор Федорович!

Апельсиныч, поняв, что они идут не домой, а в любимое кафе, взлаял от радости. Там ему всегда давали что-нибудь вкусное, какой-нибудь кекс или печенье. И вообще там всегда ему радовались.

Вот и сейчас охранник сказал:

— Это кто к нам пожаловал? Сам Апельсиныч! Здравствуйте, господин Свиридов! Добро пожаловать!

И тут же подскочила официантка Светочка и сунула Апельсинычу печенье. Пес лизнул ей руку и смиренно улегся под столик.

— Ираида Валерьевна, заказывайте все, что угодно, полагаю, вы голодны?

— Нет-нет, я же была в гостях... Разве что чашку кофе!

— А хотите кофе с миндальным молоком? — спросила Светочка.

— А у вас есть? С удовольствием!

Между тем Федор Федорович помог ей снять шубку и только тут на свету разглядел ее. Это была весьма миловидная женщина лет за тридцать, с тонкими чертами лица, хрупкая и какая-то нежная. Невозможно было представить себе ее отчаянно дерущейся с бабой, вдвое превосходящей ее габаритами.

— Чему вы смеетесь? — она подняла на него огромные карие глаза в пушистых ресницах. — Думаете небось, птичка-невеличка, а боролась со здоровенной вороной!

— Признаться, что-то подобное я подумал, но без орнитологических ассоциаций, — добродушно рассмеялся Федор Федорович. — Только я все же не поверю, что она напала на вас ни с того ни с сего.

— Причину она сама себе придумала… У меня с ее мужем никогда ничего не было и не будет! Он уж очень не в моем вкусе. Можно сказать, пострадала невинно.

Ух какая, с виду и впрямь святая невинность, но в глазах такие бездны… заволновался вдруг Федор Федорович.

— Вот, ваш кофе с миндальным молоком! — Светочка поставила перед Ираидой Валерьевной большую чашку и тарелку с фирменным кексом.

— С миндальным молоком? — удивился Федор Федорович. — Это вкусно?

— Очень, — ответила она, отхлебнув глоток. — Но это все-таки дамский напиток...

— Светочка, сделайте мне тоже чашку, я кулинарно любопытен! Знаете, я недавно был на Кубе, так какой только дряни я там не пробовал...

— На Кубе? А что вы там делали?

— Отдыхал, ловил рыбу... с другом...

— И пробовали всякую дрянь?

— Именно! — засмеялся он.

«Черт побери, кажется, это называется флирт? — удивленно подумал он. — Она мне нравится... Впереди новогодние каникулы... Надо поближе познакомиться. Чем черт не шутит...»

— Федор Федорович, а можно я дам Апельсинычу кусочек кекса?

— Можно, он этот кекс обожает.

— У него губа не дура, кекс и вправду очень вкусный. Апельсиныч, вот, возьми! Ох, какой ты милый! Нравится? На, возьми еще кусочек!

Кажется, она положила глаз на хозяина, вон как ко мне подлизывается, неприязненно подумал Апельсиныч. Все тетки, которые хотят с ним завести шуры-муры, начинают подлизываться ко мне... Но эта, кажется, ему понравилась. Первый раз такое... Ну, поглядим, может, она и неплохая... Во всяком случае приятнее, чем его Шурка... Добрее... Ну, там видно будет.

— Ираида Валерьевна, — начал вдруг Федор Федорович.

— Лучше просто Ира, — улыбнулась она.

— Хорошо, — улыбнулся он в ответ, — а вы не хотите послезавтра пойти со мной... на одно мероприятие?

— Послезавтра? А что за мероприятие?

— Ну, новогодний корпоратив у меня на работе, то есть мероприятие будет в ресторане...

— Я бы с радостью, Федор Федорович, но послезавтра я, к сожалению, не смогу.

— Ну что ж, на нет и суда нет, — огорчился Федор Федорович.

— Да вы не обижайтесь, просто я ведь не москвичка. Я живу и работаю в Питере. И послезавтра у меня спектакль. Я играю в оркестре Мариинки, я флейтистка...

— О! — как-то растерялся Федор Федорович.

— А вы бываете в Питере? Любите его?

— Если честно, у меня так мало времени всегда в Питере... Приезжаю утром, уезжаю в тот же день ночью... Хотя, конечно, город впечатляет...

— А я безумно люблю Питер, несмотря на ужасный климат... И сынишку стараюсь заразить этой любовью.

— А сколько вашему сынишке?

— Десять. Учится в музыкальной школе...

— По классу флейты?

— Нет, фортепьяно. У нас в семье все музыканты. И дед был пианистом, и мама пела в филармонии... и я...

— А ваш муж?

— Мужа нет. Мы давно в разводе.

— Он оказался недостаточно музыкальным? — ляпнул на радостях Федор Федорович.

— И это тоже, помимо прочих недостатков.

— Ирочка, а что если... Ну, вдруг у меня случится командировка в Питер, вы не дадите ваш телефон, а?

— Ну почему же с удовольствием, — очаровательно улыбнулась она. — Вот.

Она вырвала листок из записной книжки и написала номер телефона.

Он оторвал половинку листка и написал номера своих телефонов.

— Извините, визитки с собой нет, не предполагал, — вдруг покраснел Федор Федорович. — А как зовут вашего сына?

— Сашка. Или Шурка.

— А у меня дочка, ей восемь, и тоже Шурка. Но с ее матерью мы в разводе.

— А вы какой-то большой начальник?

— С чего вы взяли? — удивился Федор Федорович.

— Ну... как-то... мне так кажется.

— Ну да... начальник...

— И вы технарь?

— О да! Вас это смущает?

— Ну что вы, наоборот! Так приятно не понимать, чем занимается интересный мужчина.

— Это вы обо мне?

— Ну я вообще... — залилась вдруг краской Ираида. — Ну и о вас, в частности. Понимаете, в нашем мире... поговоришь с человеком, и вроде даже понравится он тебе, но на нем как будто сразу ценник висит...

— Не понял!

— Ну, музыкант, к примеру, или артист... или, скажем, писатель... вот за мной ухаживал один довольно известный писатель...

— А, понял! — рассмеялся Федор Федорович. — Он вам сперва понравился, а потом вы прочли его творения...

— Именно! Именно! — захлопала в ладоши Ираида.

До чего же она милая, подумал Федор Федорович, и непосредственная. Сразу сказала, что я ей нравлюсь... практически открытым текстом...

— Давно я не встречал такой очаровательной особы. Ирочка, вы прелесть!

— А я давно не встречала столь галантного и обаятельного мужчину. Но мне уже пора. Поздно! Я остановилась у тетки, она будет сердиться, что я так поздно...

— Сейчас вызову такси, это быстро...

Он достал телефон, и буквально через две минуты пришла машина.

— Ирочка, вы на каникулы никуда не уедете?

— Нет. Я работаю.

— Я, возможно, приеду в Питер...

— А привозите дочку, я добуду билеты в театр, познакомим ее с моим сыном...

— Не уверен, что это возможно. Но я постараюсь приехать. Очень этого хочется.

— Спасибо вам за все, Федор Федорович! Вы удивительный человек... С вами тепло!

И она уехала.

— Ну что, Апельсиныч, пошли домой! Светочка, сколько с меня? А кофе с миндалем — это и впрямь дамские штучки...

Похоже, хозяин влип, думал Апельсиныч, но она живет где-то далеко, и пока мне это ничем не грозит.

— Апельсиныч, тебе небось требуется еще чуток погулять, а? Даю десять минут, а то спать хочется...

Пес обрадовался. Поваляться в снегу такой кайф! А хозяин стоял, глядя на обожаемого пса, и думал: черт возьми, оно, конечно, приятно закрутить с такой дамочкой, ишь ты, флейтистка! Флейтисток у меня еще не было... Но она живет в Питере, а времени ни на что нет... Так, может, и затеваться не стоит? Обнадежу женщину, а соответствовать не смогу... Тут просто переспать не получится... Не тот случай... Хотя кто знает. Вон накинулась же на нее какая-то баба, и вряд ли приехала из Питера, может она в Москве вовсе не у тетки остановилась, а у мужика... у мужа той тетки... Да ерунда... не похожа она на дешевую шалаву... А на дорогую? Фу, Федя, как не стыдно! Такая милая интеллигентная женщина... А ты старый циник. Ладно, там видно будет, скорее всего, я через два дня и думать о ней забуду. Ну и хорошо.

— Апельсиныч, домой!

На новогоднем корпоративе Федор Федорович откровенно скучал, не любил он такие мероприятия.

— Федор Федорович, почему не танцуете? — зазывно улыбнулась ему девушка из финансовой дирекции, красивая и дельная.

— Извините, Людочка, не умею и не люблю.

— А пойдемте, я вас научу, это просто!

— Нет уж, увольте, я вам все ноги отдавлю.

Людочка ушла, явно разочарованная.

А пойду-ка я домой, что тут делать... А там Апельсиныч скучает...

Глава седьмая

— Ириша, откуда синяки? — спросила мама.

— Да в поезде стукнулась, он внезапно затормозил, ну я и налетела...

— А что еще интересного было в Москве?

— Собаку чудесную видела.

— Что за собака?

— Да вроде беспородная, но такой красоты... Светло-рыжая, пушистая, уши торчком, хвост роскошный...

— И где ж ты ее видела?

— А я от Наташки возвращалась, и слышу, хозяйка ее зовет: «Апельсиныч! Апельсиныч!»

— Как? — удивилась мама. — Апельсиныч? Какое смешное имя!

— Да, но очень этой собаке подходит. Он такой ласковый, милый... этот Апельсиныч!

Ираида старалась не рассказывать матери ничего, что так или иначе может ее взволновать. Поэтому о безобразной драке и о появлении в критический момент Федора Федоровича она промолчала. Но поскольку впечатления ее переполняли, то она позвонила лучшей подруге Лиле, скрипачке из их же оркестра.

— Лиль, есть тема! Закачаешься! Давай завтра после репетиции посидим где-нибудь!

— Не вопрос! А что за тема? Или это не телефонная тема?

— Именно!

— Даже намекнуть не можешь?

— Нет.

— Хорошо, тогда до завтра.

На репетиции дирижер два раза сделал Ираиде замечания.

— Ираида, что с вами? Вы почти никогда не фальшивите, а сегодня...

— Простите! — побледнела Ираида. Для нее такие замечания были как нож острый.

Наконец репетиция завершилась.

— Ирка, что с тобой? — подскочила к ней Лиля. — Да он тебе реже всех замечания делает, а сегодня аж два раза... Это неспроста! Все из-за твоих новостей? Пошли скорее! Только не в буфет, там не дадут поболтать.

— Давай пройдемся до Невского, там где-нибудь и приземлимся, — предложила Ира.

— Пошли!

— Погода сегодня хорошая, приятно пройтись...

— Ладно, начинай рассказывать! — потребовала Лиля.

— Можешь себе представить, в Москве я навещала подружку, она заболела. Мы поболтали, и я пошла к метро... и вдруг на меня налетает какая-то тетка, здоровенная, вдвое крупнее меня, валит с ног и начинает мутузить, а при этом орет благим матом, мол, будешь знать, как отбивать чужих мужей!

— А кого это ты, интересно знать, отбиваешь?

— Даже и не думала! Это была жена Карякина. Ей что-то померещилось...

— Ошизеть! И что?

— Да она на меня навалилась всей тушей, а я понимаю, что надо сопротивляться, а то она и убить может, ну я и начала царапаться и пихаться... Но тут вдруг раздался громкий лай, и какой-то мужик схватил эту тушу за шиворот и оттащил от меня. Она стоит, пыхтит, как паровоз. А он помогает мне подняться и говорит: «Может, полицию вызвать?» А эта корова как побежит, только пятки сверкали...

— Так... Кажется, я смекаю... Мужик оказался таким, как надо, да?

— Да, Лилька, да! Он помог мне встать, отряхнуть снег, поднял мою сумку, и тут я вдруг сообразила, что, когда эта идиотка на меня напала, я держала в руках телефон. А тут гляжу, нету его. А у меня там вся жизнь...

— Украла! — ахнула Лиля.

— Нет! Этот мужик велел своей собаке искать, и та нашла в сугробе, можешь себе представить!

Ира рассказала подруге обо всем, что произошло дальше.

— Он тебе здорово понравился, этот Федор Федорович, да?

— Ну, в такой ситуации это естественно, согласись!

— Соглашаюсь, да! Говоришь, он с виду большой начальник?

— Ну да... Понимаешь, он гулял с собакой, а когда в кафе снял пальто, то был в сером костюме, с галстуком, причем рубашка у него была темно-сиреневая, а галстук светло-сиреневый... немного провинциальный вид...

— Ерунда какая! Пришел человек с работы и сразу повел собаку гулять, некогда ему переодеваться. А потом, сейчас такие сочетания рубашки и галстука в моде, чтоб ты знала.

— Да нет, я же не осуждаю его, просто рассказываю... а так он милый, добрый... и в общем-то даже интересный.

— А лет ему сколько?

— На вид за сорок, но он такой крупный, что кажется старше...

— Толстый, что ли?

— Ни капельки не толстый, а, как говорили раньше, кряжистый...

— Такой как обнимет, аж кости захрустят, да?

— Именно! — залилась вдруг краской Ираида.

— Хотелось бы на него своими глазами взглянуть.

— Он говорил, что на праздники может и приедет. Я звала его приехать с дочкой, я бы билеты в театр им достала, но он как-то нахмурился и сказал, это вряд ли получится.

— Вот и хорошо! На кой ляд тебе его дочка! А как чувствуешь, приедет?

— Понятия не имею! Вот, я тебе все рассказала, мне полегче стало... А теперь я постараюсь о нем забыть. На всякий случай.

— Между прочим, правильная позиция, а то размечтаешься... Как говорит Валентина Васильевна, «разбежишься, а нога в говне!».

А Федор Федорович уже на другой день и думать забыл о прелестной флейтистке. С него вдруг срочно, несмотря на наступающие долгие праздники, затребовали подробный отчет о работе его департамента. Правда, это требование не застало его врасплох, он собирался предоставить отчет сразу после праздников, поэтому ничуть не запаниковал, хотя ему сказали, что отчет пойдет непосредственно президенту страны, но еще раз все проверить было необходимо. «Черт возьми, а за полгода мы многого добились», — подумал он с удовлетворением. Срочно собрав ведущих специалистов на совещание, он предложил им высказаться по поводу отчета.

— Федор Федорович, вы же сами видите, тут все в порядке! — воскликнул Иван Борисович, его заместитель.

— Вроде бы да, но, может, у кого-то есть другие соображения, хотелось бы услышать...

— Можно мне? — спросил молодой сотрудник Слава Божок.

— Да, Вячеслав, слушаю!

— Это не по теме. По теме у меня возражений нет.

— Валяй не по теме!

— Федор Федорович, простите, когда вас перевели к нам, вашу прежнюю команду возглавил некто Хлынов...

— И что? — насторожился Федор Федорович.

— Он, похоже, скоро завалит дело. Он почувствовал себя там просто царем, всем, кто смеет ему возражать, а таких немало, он начинает мелко и грязно пакостить...

— Откуда сведения? — нахмурился Федор Федорович.

— А у меня сестра там работает.

— Да? Кто такая?

— Ольга Викторовна Божок!

— И что с Ольгой Викторовной?

— Хлынов практически сразу начал к ней придираться и всячески гнобить.

— А конкретнее? Господа, вы все свободны до конца каникул, а мы с Вячеславом все обсудим сами. Желаю всем хороших праздников и бодрости к концу каникул, а то я вас знаю... Расслабитесь, и еще пол-января уйдет коту под хвост. Предупреждаю, я этого не потерплю! С наступающим вас!

— Спасибо, Федор Федорович, что сочли возможным выслушать меня.

— Давай, Слава, рассказывай!

— Так вот, Ольга пару раз возразила ему на совещании, а он вдруг заявил: я вам не Свиридов, эта вольница кончилась, извольте выполнять распоряжения начальства или подавайте заявление об уходе!

— Спятил мужик!

— Ну, Ольга и еще двое сотрудников сразу подали заявления. Он как будто очень удивился, с чего бы это... Потом сказал кому-то, а люди услышали, «я эту свиридовщину искореню», и подписал им заявления, но...

— Что?

— Накатал на всех троих телегу в ту организацию, куда их хотели взять.

— И что?

— Там им сказали, что, в принципе, готовы их взять, но не сейчас, а через полгода, когда шум уляжется... А людям надо на что-то жить! У них семьи, и вообще... А потом он всем прислал письмо, что, мол, готов взять их назад, погорячился, мол...

— Вот скотина! И что?

— Никто назад не пошел. Кто-то уехал, кто-то перебивается, короче, даже в таких условиях не желают с ним работать. Федор Федорович, он завалит дело! Ольга в ужасе, и не столько из-за себя, она-то не пропадет, у нее прекрасный муж, но она за дело болеет! Говорит, при Свиридове все работало как часы... а теперь все валится...

— Ох, Слава, молодец, что сказал, я разберусь, только зря не пришел прямо ко мне, а так, на совещании... Зря! Лишние уши!

— Да я уж понял, но мне неудобно было, вроде как по личному... Но я бы пришел, только узнал я все буквально вчера... Ольга была проездом в Москве, вот все и рассказала. Кстати, вам большой привет передавала.

— Спасибо, и ей тоже... Обязательно скажи ей, я с Хлыновым разберусь...

Отпустив Вячеслава, Федор Федорович хотел позвонить Коломенскому, но сообразил, что там уж все третьи сны видят. Ох, черт, праздники... Надо бы съездить туда, самому на месте во всем разобраться, но праздники, будь они неладны!

Ну что ж, буду и я праздновать! На Новый год их с Апельсинычем пригласил к себе на дачу Илья. Сказал, что встречать они будут по-семейному, с родителями Ильи, в тишине и покое. Такая перспектива радовала. Татьяна Андреевна испекла какой-то фантастический торт, вернее даже два — один большой, а второй совсем маленький!

— Большой возьмете в гости, а маленький вам, когда из гостей вернетесь...

— Ох, спасибо вам огромное! — растрогался Федор Федорович.

Тридцать первого утром он заехал к Елизавете Марковне, привез большой букет тюльпанов и громадную коробку шоколадных конфет.

Старая женщина обрадовалась.

— Федор Федорович, ну зачем вы! Мне ей-богу же неловко!

— Бросьте, Елизавета Марковна! Если б вы знали, как я всегда отдыхаю в вашем доме!

— Ну, что слышно о вашей дочке?

— Ох, это больная тема...

— Простите!

— Да нет, просто все плохо. Ее там настраивают против меня, да уже настроили, собственно говоря. Вчера мне ее мамаша заявила, что не будет больше пускать Шурку в мой дом, якобы у нее аллергия на мою собаку... Нет там никакой аллергии, нету!

— А как собака к девочке относится?

— Настороженно! Чувствует, что Шурка ее не любит.

— Странно, дети обычно обожают собак, тем более таких красивых, как ваш Апельсиныч.

— Тем не менее! Мне теперь позволено видеться с дочерью только в общественных местах...

— Что за идиотизм, прости господи!

— Боюсь, я уже упустил ситуацию из-под контроля... А я мечтал взять Апельсиныча и

Шурку и поехать всем в Питер на машине. Нашел гостиницу, куда пускают с собаками...

— И что? Теперь не поедете? И зря! Езжайте! Погулять по Питеру — это всегда такая радость!

— А поехали с нами!

— Что? — засмеялась Елизавета Марковна. — С вами?

— Ну да! А что? Машина у меня удобная, хорошая...

— Да нет, голубчик, Федор Федорович, я люблю встречать Новый год дома, у телевизора, тем более, он у меня теперь новый, хороший...

— Ну так я тоже, если поеду, то после Нового года!

— Нет-нет, для меня это слишком утомительно, голубчик! А вот ответьте мне на один, возможно, нескромный, вопрос.

— Ну давайте ваш нескромный вопрос!

— Скажите, почему у вас все костюмы серые? И почему вы всегда в костюмах с галстуком?

— Не знаю, — растерялся вдруг Федор Федорович. — Как-то не думал... Я привык с галстуком... Да и на моей должности это как бы подразумевается. Я давно уж в начальниках хожу. А что? Это неправильно?

— Да нет, на службе, вероятно, правильно, но как-то однообразно, что ли... Вы такой видный, интересный мужчина, а костюмы все серые. Я вот уже четыре насчитала, и все серые!

— А какие надо? — испугался Федор Федорович.

— Ну, мало ли... Синие, коричневые, и вообще, не обязательно костюм, можно, например, купить твидовый пиджак и носить его тоже с галстуком... Возможно, например, синий пиджак и серые брюки... Или наоборот...

— Да? Приму к сведению! А знаете, отчего это? — вдруг рассмеялся он. — Оттого что я серость непроцарапанная!

— Что? Как вы сказали?

— Это теща меня так называла! Серость непроцарапанная!

— Глупость какая! В этом виновата только ваша жена, женщина должна следить за тем, как одевается ее муж!

— Да ей, видать, фиолетово было... Елизавета Марковна, спасибо вам огромное!

— Да за что, голубчик?

— А вот за ваше небезразличие! Ну и за Апельсиныча! Он ведь ко мне благодаря вам попал, а это такой пес!!!

Жалко его, подумала Елизавета Марковна, такой хороший, интересный мужчина и чудовищно одинокий... Дай Господь ему счастья!

Слова Елизаветы Марковны запали ему в душу. И по дороге домой он вдруг заехал в магазин мужской одежды. Магазин оказался достаточно дорогим. Ничего, имею право сделать себе подарок к Новому году.

Его встретил лощеный молодой человек с любезной улыбкой на губах.

— Могу я быть вам полезен?

— Можете! — обрадовался Федор Федорович. — Мне нужны какие-то, как бы это выразиться... неслужебные вещи!

— Неслужебные? — удивился продавец, на бейджике было написано «Кирилл».

— Видите ли, Кирилл, по роду своих занятий я должен ходить на работу в костюмах с галстуком, а вот...

— Понимаю! — воскликнул Кирилл. — Нужны брюки и пиджаки отдельно, пуловеры и так далее?

— Вот именно!

— На какую примерно сумму вы рассчитываете?

— Вы соберите мне гардеробчик, а там посмотрим! Ради такого дела не поскуплюсь.

— Понял! И как хорошо, что вы именно сегодня к нам заехали! У нас перед праздниками хорошие скидки, да и народу сегодня нет, все больше по продуктовым и сувенирным бегают.

Вообще-то Федор Федорович терпеть не мог магазины, но сегодня ему было здесь интересно. Кирилл мастерски подбирал вещи. Темно-коричневые брюки, твидовый пиджак в коричневых тонах.

— Этот пиджак можно носить, опять-таки, с рубашкой и галстуком, а можно с джемпером, вот с этим, темно-зеленым, к примеру...

— Ой, — испугался Федор Федорович, но примерив зеленый джемпер, вдруг страшно понравился себе.

— Ну, Кирюша, у тебя глаз-алмаз!

В результате, оставив в магазине кучу денег, он вышел с огромным пакетом, поставил его в машину, а Кирилл вынес ему еще два объемистых пакета.

— Вот, целое приданое вам собрали! — безмерно радовался молодой человек, еще бы, под конец года, в практически пустой день, такая выручка! Он вручил столь щедрому покупателю скидочную карту магазина, и в качестве приза еще элегантный шейный платок, которых Федор Федорович сроду не носил.

Занеся покупки в квартиру, Федор Федорович подумал: уж не рехнулся ли я? Но потом аккуратно и с удовольствием развесил вещи в шкафу. Скоро уж надо ехать на дачу к Илье. Он говорил, что гостей там не будет, а еще Вера когда-то уверяла его, что в Новый год надо надеть на себя три новые вещи... Ну что ж, надо так надо! Он надел серые брюки, вишневый тонкий свитер и серый в клетку пиджак. Надо же, опять-таки серое, но совершенно другой вид! А я ничего еще... Хотя нет, я еще очень и очень! Кажется, впервые в жизни залюбовался собой Федор Федорович. Апельсиныч с удивлением наблюдал за хозяином. Что это с ним? Крутится перед зеркалом, улыбается сам себе...

— Апельсиныч! Решено, второго едем с тобой в Питер! К девушке по имени Ираида! Знаешь, в Питере, говорят, вкусные пирожные!

Познакомимся с ее сынишкой… И главное, никуда не будем спешить… Ох, хорошо! Милый ты мой, а сегодня поедем за город, там снегу много, поваляешься вдоволь! Собака ты моя дорогая! Нет у меня никого ближе тебя, друг ты мой золотой!

Хозяин трепал его по загривку, целовал в нос, Апельсиныч визжал от восторга! Как же повезло с хозяином! Бэллочка была добрая, но разве сравнишь ее с новым хозяином! Он вообще лучше всех! Бэллочка тоже со мной разговаривала, но она все больше на мужа жаловалась, а это разве сравнишь с настоящим мужским разговором…

Позвонил Илья.

— Федя, ты еще не выехал? Смотри, угодишь в пробку.

— Уже сажусь в машину. Да, может, надо что-то купить?

— Нет-нет. Мама зажарила такого гуся!

— Ох, это мечта!

Апельсиныч обожал ездить в машине! Он гордо восседал рядом с хозяином, с любопытством глядя в окно и совершенно ничего не боялся. А хозяин время от времени трепал его за ухом. У него сегодня роскошное настроение, он все время улыбается... А куда он меня везет? Нет, ерунда, он никуда меня не везет, это мы с ним едем куда-то, он и я... И наверняка едем в хорошее место, в плохое он не поедет! И в самом деле! Хозяин остановил машину возле какого-то забора, за которым был довольно большой и ярко освещенный дом, а кругом лежал чистый снег! На крыльцо выскочил какой-то мужчина, замахал руками и открыл ворота. Они въехали на участок. Ворота за ними закрылись, и хозяин сказал:

— Апельсиныч, гуляй!

И открыл дверцу. А мужчина спешил к ним.

Апельсиныч, к удивлению хозяина, сидел у его ноги.

— Федька! Это и есть твой Апельсиныч? — он присел на корточки. — Ну, привет, Апельсиныч, рад знакомству! Лапу дашь?

И Апельсиныч подал ему лапу. Этот человек не внушал ему никаких опасений.

— Ух ты! А погладить тебя можно? — и, не дожидаясь разрешения, погладил пса. — Ох, хорош! Красавец невозможный! И обаяние! Ну, идемте, ребята, в дом!

Апельсиныч вопросительно взглянул на хозяина. Тот сразу все понял.

— Пусть Апельсиныч погуляет немножко. Столько снега! Редкий случай в Новый год. Я его через двадцать минут заберу.

— Смотри-ка, все понимает!

Пес уже зарылся носом в снег, плюхнулся на спину и начал кататься, радостно повизгивая.

— Ох, хорош! Федька, да ты нынче без мундира! Смотришься просто женихом!

— Феденька! — вышла ему навстречу мама Ильи, Любовь Алексеевна. — Какой ты стал! Просто роскошный мужчина! Дай я тебя обниму! Молодец Илюшка, что затащил тебя к нам, сто лет тебя не видела. Ну проходи, проходи! А где же твой Мандариныч?

— Апельсиныч, мама! — со смехом поправил ее сын. — Он гуляет, наслаждается снегом!

Тут появился и Станислав Львович, глава семейства.

— Федя! А где же знаменитая собака?

— Знаменитая? — рассмеялся Федор Федорович. — Сейчас позову, только ему надо будет как следует отряхнуться, прежде чем войти в дом, и еще, Любовь Алексеевна, дайте какую-нибудь тряпку, я ему лапы вытру!

И вскоре Апельсиныч во всей красе предстал перед новыми знакомцами. Все ахали и восклицали: «Какой красивый пес! С ума сойти!»

Его гладили, трепали, а он млел. А еще здесь так хорошо, так вкусно пахло! Вот не зря я верил, что хозяин привезет меня в хорошее место.

Новый год встретили тихо, по-семейному и необыкновенно вкусно. Немножко посмотрели телевизор, а потом еще поиграли в скрэббл. Апельсиныч, сытый и довольный, дремал у остывающего уже камина.

Федор Федорович отдыхал душой. Никто не спрашивал его о семье, не советовал поскорее жениться, не обещал познакомить «с такой женщиной!». Кажется, это самый лучший Новый год за последние лет десять... Или я старый стал? Ах, какая разница, если мне сейчас хорошо! Даже мысли о работе куда-то девались, просто удивительно!

А утром за завтраком Илья спросил:

— Какие планы на праздники?

— Завтра мы с Апельсинычем едем в Питер! Я нашел гостиницу, куда пускают с собаками.

— А что в Питере? Вернее, кто? — лукаво осведомился Илья.

Федор Федорович смутился.

— Федька, колись! Что за кадр?

Федор Федорович слегка помялся, а потом все-таки рассказал старому другу об очаровательной флейтистке.

— Надо же, флейтистка! Что, так понравилась, что ты готов мчаться в Питер?

— Да не знаю я, просто как-то... зацепила... что ли... А сейчас время есть. Сам знаешь, как я всегда занят.

— А стиль сменил ради нее?

— Ну вот... ты издеваешься...

— Даже не думал! Федька, я сам давно хотел тебе сказать, еще на Кубе, что тебе в сто раз больше идет вольный стиль... Тебе флейтистка что-то сказала?

— Да нет, еще не хватало! Мне моя Елизавета Марковна вчера сказала... Ну я от нее прямо и махнул в магазин, накупил столько... Там парень толковый попался, продавец, так все подобрал...

— Тебе надо в таком виде теще своей показаться...

— Знаешь, она последний человек, мнение которого меня интересует, пусть себе сюсюрится без меня!

Ближе к вечеру они вернулись домой. Хозяин попил чаю с дивным тортом. Апельсинычу тоже достался изрядный кусок. Потом хозяин стал собирать вещи в дорожную сумку. Апельсиныч вопросительно заглянул ему в глаза. Что это значит?

— Завтра по утряночке, брат, мы с тобой едем в Питер.

Услыхав «мы с тобой», Апельсиныч успокоился и завалился спать.

Глава восьмая

Ираида с матерью мыли посуду, оставшуюся от гостей. Мама мыла, а Ира вытирала.

— Хорошо, что у тебя сегодня нет утренника! Просто удивительно!

— Да, но вечером я работаю.

— Знаешь, я не хотела до Нового года говорить... не хотела тебя зря нервировать...

— Что такое, мама? — сразу встревожилась Ира.

— Звонил Виктор, сказал, что будет в Питере на днях и во что бы то ни стало хочет видеть Сашку.

— С чего это такая отцовская любовь вдруг проснулась?

— Мне показалось, он хотел бы вообще... вернуться!

— Я думаю, мамочка, ты выдаешь желаемое за действительное. Но желаемое исключительно тобой! Я не хочу его даже видеть. Мама, я сейчас! — она решительно поставила на стол кое-как вытертую салатницу и пошла к себе в комнату. Вернулась через десять минут очень довольная.

— Мама, завтра утром Сашка уезжает на каникулы в лагерь под Выборгом.

— Но как? Каким образом?

— Мне предлагали путевку, я тогда отказалась, а сейчас позвонила Анне Васильевне и она сказала, что есть места. Там очень хорошо, чудный воздух, пусть покатается на лыжах, пообщается с другими детьми...

— А ты его-то спросила?

— Да. Я ему позвонила. Он обрадовался.

— Но почему ж ты его сразу не отправила?

— Полная путевка достаточно дорого стоила, а сейчас ровно половину.

— Это все, чтобы ребенок не встретился с отцом? Ира, это глупо!

— Мама, я не люблю, когда меня предают! И это мое последнее слово!

— Все мужчины предают, я тебя еще до замужества предупреждала. Нельзя быть такой максималисткой. Это хорошо в ранней юности, а сейчас...

— Мама, я его не люблю!

— Скажи на милость, ты вот вся такая правильная, вроде бы безгрешная, а как же твои шашни с Карякиным?

— Мама, окстись, какие шашни! У меня никогда с ним ничего не было, это только сплетни и слухи.

— Но ведь дыма без огня не бывает!

— Еще как бывает! Просто он оказывал мне какие-то знаки внимания, а я сказала ему, что это бесполезно. Видимо, он не привык к отказам, это его задело... А женушка его отслеживает каждый его шаг...

— Его или твой?

— Да его, его... — Ира отвернулась, чтобы мама по ее глазам не поняла, откуда у дочки синяки. И тут она вспомнила такого милого и любезного мужчину с редкой красоты собакой. Этот человек оставил о себе впечатление некой... скалы, к которой можно причалить в шторм и найти укрытие и покой... В последнее время что-то часто штормит... Виктор вот еще объявился... Три года о нем не было ни слуху ни духу... Обида вскипела в душе. Какая у них с Виктором была любовь! И что теперь? «Я думала, это весна, а это оттепель...» — пропела она, у этой немудрящей песенки было свойство надолго прилипать. «Ах, как я была влюблена, и что теперь?» Тьфу ты... Мысли о надежном как скала мужчине с красивой собакой вылетели из головы. Я ж ничегошеньки о нем не знаю. Да и скорее всего он уже забыл обо мне...

Утром Федор Федорович выгулял Апельсиныча, потом они плотно позавтракали и спустились к машине.

— Ну что, брат, помнишь дамочку, которую побили? Милая такая... флейтистка... Поедем в Питер, позвоним ей... Как говорится, попытаем счастья... Садись!

Апельсиныч с восторгом запрыгнул на переднее сиденье. Хозяин сел за руль, и они покатили по совершенно пустынной Москве. Хозяин включил какую-то веселую музыку и время от времени гладил Апельсиныча. Начинало светать, они ведь выехали ни свет ни заря, чтобы попасть в Питер еще засветло, там ведь так рано темнеет.

Да, не лучшее время для Питера я выбрал, думал Федор Федорович, но другого у меня нет и не предвидится... Тогда зачем я еду?

Внезапно машину слегка тряхнуло. Он затормозил. Неужто пробило колесо? Ну, так и есть! Нехорошо, подумал Федор Федорович. Он не был особенно суеверным, однако подумал: может, стоит вернуться? Это мне знак, что не надо ехать?

— Апельсиныч, сиди в машине, нечего тебе по дороге носиться, мало ли...

Пес, казалось, все понял и улегся на сиденье.

— До чего ж ты умный!

Федор Федорович быстро поменял колесо. В конце концов, пробитое колесо дело вполне житейское, и рассматривать это как знак свыше, по меньшей мере, глупо. Но тем не менее, ехать почему-то расхотелось. Или все дело в погоде? Повалил мокрый снег, вспомнились какие-то жуткие заторы на трассе Москва—Санкт-Петербург года три назад... А как же флейтистка? А бог с ней, с флейтисткой... не нашего она поля ягода... Что общего у нас может быть, кроме постели? Да ну, не хочу я таких отношений! Что я могу ей дать при моем-то образе жизни? Еще если бы она была москвичкой, а то Питер! Нереально!

— Апельсиныч, а поехали домой?

Пес вскочил и лизнул хозяина в нос. Обрадовался!

— Ну что ж, решено! Едем домой!

Федор Федорович развернулся и поехал домой.

Ираиде позвонил бывший муж.

— Здравствуй, Иринка! Узнаешь?

— Узнаю, — без всякого энтузиазма откликнулась Ираида.

— Ах да, у тебя же музыкальный слух! Иринка, давай повидаемся?

— Зачем?

— Ну, мы же формально все-таки еще муж и жена.

— Вот именно, формально. И по-моему давно пора исправить это досадное недоразумение.

— То есть?

— Пора оформить развод.

— Погоди, давай все-таки встретимся! И я хочу видеть сына.

— А его сейчас нет. Он в зимнем лагере.

— А этот лагерь далеко?

— О да, под Москвой!

— Ну хорошо, но я все равно хочу встретиться с тобой, надо поговорить без спешки. Давай после спектакля я заберу тебя, и мы где-нибудь поужинаем в хорошем месте.

— Витя, ну о чем нам говорить с тобой?

— Поверь, Иринка, найдется!

— Ну хорошо... Поговорим, — неохотно согласилась Ираида.

После спектакля к ней подошла Лиля.

— Ну что, подруга, твой Федор Федорович не прорезался?

— Да нет, и не прорежется. Знаешь, если бы у него были такие намерения, он, как минимум, позвонил бы поздравить с Новым годом.

— Вообще-то да. Слушай, а ты чего такая нервная?

— Виктор объявился.

— Да ты что! Вернуться хочет?

— Не знаю. Но я-то этого не хочу. Он сегодня грозился забрать меня после спектакля.

— Понятно. Знаешь, если захочет вернуться, прими его. Ей-богу. Сашке нужен отец, да и тебе муж сгодится. Может, нагулялся мужик...

— Я не смогу!

— Сможешь! В таком деле лучше руководствоваться не эмоциями, а...

— Лилька, что за ерунда! И куда девать эмоции? Он так гадко и цинично от меня сбежал...

— Отомсти ему!

— Это как?

— Прими его, а потом смотайся в Москву, позвони своему Федору Федоровичу и измени Виктору. Будете квиты...

— Фу, я так не могу... Ладно, я пошла, а то он начнет меня тут искать.

— Ни пуха ни пера!

— К черту!

Ира оделась и вышла на улицу. Тут же к ней подошел Виктор.

— Ну здравствуй, жена!

— Здравствуй, экс-супруг!

— Иринка, кончай дурью маяться! Пошли, у меня тут такси ждет! Холодно же!

А он стал еще красивее, как-то отстраненно подумала Ираида. Он взял ее под руку. Подвел к машине и усадил на заднее сиденье, а сам сел с водителем.

— На улицу Марата! — скомандовал он.

— А что там, на Марата?

— О, там чудесный ресторанчик. Подают дивную рыбу, ты же любишь рыбу…

— Ну хорошо…

Ресторанчик и вправду был милый и уютный. Ира вдруг почувствовала, что голодна. Они заказали ладожского судака с пюре из сельдерея и вялеными помидорами. Виктор потребовал бутылку белого вина.

— Иринка, ты чего такая отмороженная? Не рада меня видеть?

— Совершенно не рада! Ты напоминаешь мне о пережитом жутком унижении. Я сумела справиться с этим, но…

— Ну прости ты меня, дурака! Я вовсе не собирался тебя унижать. Просто меня достал этот питерский чудовищный климат, мой организм требовал солнца, тепла… Да, я поступил с тобой черт знает как, признаю, но я все осознал, поверь, глубоко раскаялся, меня заела тоска по сыну, по тебе. Иринка, родная моя, ну прости ты меня…

— Видишь ли, Витя, я бы может и простила тебя исключительно ради сына, но ведь климат в Питере не изменился, и в какой-то момент тебе опять захочется солнышка…

— Нет, о Питере речь вообще не идет! Мы будем жить в Барселоне. Это сказочный город, дивный климат, и ты будешь работать в Барселонском симфоническом оркестре, я договорился, тебя прослушают, диплом Питерской консерватории там ценится... И Сашке там будет куда лучше! У меня там свое дело, большая чудесная квартира, я очень хорошо устроен, ты ни в чем не будешь нуждаться... Подумай, город у моря, тепло, солнечно...

— Что за ерунда! Мы с Сашкой не знаем испанского.

— Через год будете говорить по-испански как по-русски! Не проблема! Я найму вам учителя... Иринка, там будет качественно другая жизнь. И маму твою заберем! Ты подумай, подумай! А хочешь, можешь вообще не работать или, скажем, преподавать. Да мало ли... Я эти годы времени не терял, заработал хорошую репутацию и очень хорошие деньги, я там востребован...

— Вить, ты что, все это всерьез?

— Разумеется, всерьез! Кто ж такими вещами шутит! Понимаешь, я здесь задыхался, в прямом и переносном смысле, мои идеи тут никому не были нужны, а там их приняли на ура...

Вот, взгляни, это моя квартира. Очень большая, я снял ее в расчете на семью, на нашу семью, вот, смотри, это балкон, двадцать пять метров! Разведешь там какие угодно цветы, впрочем, цветы — это больше страсть моей милой тещи... И дом в десяти минутах ходьбы от моря...

Квартира и в самом деле выглядела восхитительно.

— Кстати, я думаю, первый год тебе лучше не работать, вам с Сашкой надо адаптироваться, нельзя его сразу свалить на Августу Филипповну, ей тоже нужно будет время освоиться... А потом, если захочешь... Пойми, чудачка, я уехал, мы нехорошо расстались, признаю, но я все переосмыслил, и понял, что люблю только тебя! И без сына мне хреново... Я там работаю очень много, можно сказать, на износ, и какое это будет счастье — приходить домой, где тебя ждет любимая семья...

Ираида молчала.

— Ну подумай сама, если не ради меня, то хоть ради сына... И я знаю твою фанатичную любовь к Петербургу, сможешь всегда приезжать сюда, ваша квартира останется при вас. Ее даже сдавать не нужно.

— Боюсь, мама не согласится уехать... — нерешительно проговорила Ира.

— Да ерунда! Согласится, обязательно согласится! А если вдруг нет, то это, в конце концов, будет ее выбор, ее воля. А ты, ты уже согласилась? — просиял Виктор.

— Нет, пока нет. Во всяком случае, этот год Сашка должен доучиться здесь, это мое условие...

— Иринка! Я тебя люблю! Я знал, что ты простишь меня!

— Я пока не простила... Но Сашка и впрямь часто простужается, бронхиты у него...

— Вот видишь! Иринка, солнышко мое, ты возвращаешь меня к жизни... И мы будем ездить по Европе. У тебя же наверняка есть шенген, вы же с оркестром ездите... А потом я сделаю тебе вид на жительство, я сам пока еще не гражданин Испании, но это неважно... А помнишь, как ты мечтала попасть на Капри, в какой-то знаменитый грот? Так вот, я торжественно обещаю, что мы туда поедем всей семьей! И вообще, куда захочешь!

Он был так убедителен и она, хорошо его зная, понимала, что он не врет... И еще он был сейчас так красив! И перспектива не сидеть больше в оркестровой яме тоже вдруг показалась до ужаса заманчивой, и эта квартира у моря, такая просторная, красивая, где можно будет все устроить по своему вкусу... И ведь когда-то она любила этого человека...

— Только, Витя, давай договоримся, что до конца учебного года мы не будем говорить Сашке про переезд...

— Да почему?

— Пусть доучится спокойно, а то я знаю его... Все мысли будут там... И еще, имей в виду, с ним тебе будет сложнее, чем со мной. Он очень обидчивый. И затаил на тебя...

— Я принимаю твои условия, но постараюсь до лета заслужить его прощение и загладить свою вину.

— Только не вздумай задабривать его дорогими подарками, это не тот случай!

— Понял! И принял к сведению. А может, мне махнуть к нему в лагерь?

— Не стоит! Мне надо будет его подготовить к твоему появлению.

— Понимаешь, я послезавтра должен возвращаться, работа, у них нет такой расслабухи... Но через месяц я обязательно приеду и...

— Вот и хорошо! И у меня будет время все обдумать.

— Что обдумать? — побледнел Виктор. — Мне показалось, что ты все уже решила...

— Ну, в принципе, да, решила, но нужно все спокойно обговорить с мамой. Это будет непросто...

— Да, у нас непростая семья, — с улыбкой кивнул Виктор. — Иринка, я остановился тут, в «Гельвеции»... Может, поднимемся ко мне, а?

— О нет, Витя, я пока еще морально не готова. Вот если приедешь через месяц, тогда...

— А, это будет для меня испытательный срок? — слегка обиделся Виктор, но тут же сказал: — Хорошо, я все понимаю и очень уважаю твою позицию. Я всегда тебя уважал, а не только любил. Хочешь какой-нибудь десерт?

— Хочу! И кофе!

— А не поздно сейчас для кофе?

— А я все равно сегодня не усну.

— Иринка!

После кофе он отвез ее домой.

Глава девятая

Федор Федорович вошел в квартиру и вздохнул с облегчением. И куда меня понесло с утра пораньше? Бред! Видел эту дамочку каких-нибудь сорок минут и вот, извольте радоваться, помчался. Как студент! Идиот! Что ты о ней знаешь? Что она флейтистка? Ну не знал ты раньше флейтисток, так что? Можно подумать, скрипачек знал или виолончелисток! Тут же совершенно не к месту вспомнился Маяковский: «А вы ноктюрн сыграть могли бы на флейте водосточных труб?» Черт, я даже толком не знаю, как выглядит флейта... Можно, конечно, посмотреть в Интернете, но зачем? Знаю, что это что-то небольшое и изящное, как она сама, небольшая и изящная... А завалюсь-ка я спать, хоть отосплюсь за праздники. Что он и сделал с превеликим удовольствием. И мгновенно уснул. Спал крепко, спокойно, ничего ему не снилось.

Проснулся он от телефонного звонка. И кому это неймется второго января?

— Алло!

— Федя, здравствуй, — узнал он голос бывшей жены. Чего ей-то надо?

— Да, здравствуй!

— С Новым годом тебя!

— Ага, и тебя!

— Федя, надо бы поговорить.

— О чем это?

— Знаешь, о многом...

— Хорошо, говори!

— Не по телефону! Давай встретимся где-нибудь.

— Ну давай. Где?

— А может, я к тебе приеду?

— Ну, у меня же собака, а у Шурки якобы на нее аллергия, шерсть пристанет к твоим вещам, и Шурка будет хворать... Нет уж, давай лучше на нейтральной территории.

— Как хочешь!

— Да я вообще-то совсем не хочу, но тебе приспичило о чем-то говорить.

— Какой ты невежливый!

— Ну, я же серость непроцарапанная, чего от меня ждать.

— Ну ладно, уймись уже!

Она назначила ему встречу в ресторане, очень модном в гламурных кругах, о чем Федор Федорович даже не догадывался. Ему было все равно.

Он надел зеленый джемпер с твидовым пиджаком. Ему страшно нравилось это сочетание. Вот Верка-то удивится!

— Добрый день, сударь! Вы столик заказывали?

— Нет. А надо было?

— Вообще-то да, но сегодня в виде исключения у нас есть места, праздники. Прошу вас, садитесь. Вы будете один?

— Нет. С дамой.

— Понял.

Подошел официант с меню.

— Я жду даму. А пока дайте мне чашку кофе максимально крепкого.

— Ристретто устроит?

— Да.

Вера появилась минут через десять. И была очень красива. Постаралась, недобро подумал

Федор Федорович и нехотя поднялся ей навстречу.

— О, Федя, новый прикид! Надо же! И без галстука! А тебе идет!

У него явно есть баба, мелькнуло в голове у Веры.

— Опять пьешь крепкий кофе перед обедом, это вредно. Вот после обеда можно.

— Прийму к сведению.

Она красивая, даже очень, но чужая, абсолютно чужая, как будто и не жил с ней десять лет.

Официант принял у них заказ.

— Ну, говори, что ты хотела.

— Федя... Я понимаю, все уже достаточно далеко зашло...

— Ты о чем?

— О наших отношениях.

— Так нет никаких отношений.

— Федя, ты не прав... Все еще можно вернуть, чтобы у Шурки была нормальная полноценная семья. Мы же в принципе хорошо жили, и я не понимаю, какая муха тебя укусила, чего ты так взбеленился... Ну да, ты не ладил с мамой, мама такой своеобразный человек... Но можно же как-то договориться... чтобы мама жила отдельно, и все будет прекрасно. Прошу тебя, Феденька, подумай! Шурку жалко, она страдает.

— Я что-то не заметил особых страданий. Приходит всегда надутая, вечно в чем-то меня подозревает... Да и вообще, об этом не может быть и речи!

— У тебя... есть другая?

— А если и так?

— Федя, ну подумай сам... Допустим, я виновата в чем-то... Но ведь и ты не безгрешен. Я знаю, что у тебя были шуры-муры с разными бабами, что ж, дело житейское... Но у нас ведь дочь... И, знаешь, я поняла, что люблю только тебя.

— Да неужели? И когда же ты это поняла, бедненькая?

— А вот когда ты ушел. Я вдруг поняла, что ты... ты мне необходим! И сейчас вот увидела... лишний раз убедилась... что... что...

По щекам ее полились слезы. Он не верил ни этим слезам, ни единому ее слову. Но молчал.

— Федя, вспомни, буквально накануне того, как ты вдруг решил уйти... Нам же было хорошо вместе, так хорошо...

Он по-прежнему молчал.

У Веры создалось впечатление, что она бьется головой о чугунную стену.

А ему просто хотелось наговорить ей гадостей, обругать, даже оскорбить, но он понимал, что только унизит себя, и потому не произносил ни слова.

— Ты никогда меня не любил, ты только пользовался мной! — патетично воскликнула она.

— Ну так ведь и ты меня не любила и вовсю мною пользовалась. Мы квиты! Короче, вот это предложение восстановить статус-кво единственный предмет разговора?

— Ну да...

— Я понял. И отвечаю — нет, окончательно и бесповоротно.

Вера открыла рот, чтобы что-то сказать, но он опередил ее.

— Только не вздумай мне угрожать. Я содержу тебя, пока ты сидишь тихо. А начнешь вякать, буду давать деньги только на дочь. Никаких имущественных претензий у тебя быть не может. На этом все!

Он встал, подошел к официанту, расплатился и стремительно вышел вон.

— Вот скотина! — едва слышно проговорила Вера. Его доводы были слишком убедительны.

Он вернулся домой в отвратительном настроении. Апельсиныч встретил его появление радостным визгом, лизнул в лицо, когда Федор Федорович снимал ботинки.

— Ах ты, мой милый! Сейчас переобуюсь, и пойдем гулять!

И что за жизнь я себе устроил? — думал он на ходу. Да, работа для меня всего важнее, но так жить неправильно! Почему я повернул назад? Чего испугался? Идиот! В результате опять нахлебался лжи. Зачем я ей нужен? Для статуса! Подружки небось объяснили ей, что я теперь не рабочая лошадка где-то далеко, а крупная шишка в Москве. Но тоска-то какая! Хоть волком вой! И возраст уже не тот, когда достаточно просто кого-то трахнуть... Нет, мне, видите ли, любовь подавай! А как замаячила где-то на горизонте приличная женщина, ты, Федя, дал деру! А кто сказал, что приличная? Ты ж совсем ее не знаешь! Но она такая милая, такая интеллигентная с виду... А ты даже не поздравил ее с Новым годом. Да, это промах!

Он достал телефон и позвонил Ираиде. Ее телефон был выключен. Ах да, сейчас у нее, скорее всего, спектакль... Тогда он позвонил на домашний. Почему-то ему казалось невероятно важным исправить свою оплошность и поздравить женщину с праздником.

— Алло! — отозвался женский голос.

— Простите, я могу поговорить с Ираидой?

— Ее нет дома. А кто спрашивает?

— Извините, я звонил Ираиде на ее номер, но...

— Так она сейчас в театре, телефон отключает. А что ей передать?

— Ради бога извините, но с кем имею честь?

— Я ее мама. А вы?

— Меня зовут Федор Федорович, я звоню из Москвы. Пожалуйста, передайте Ираиде, что я звонил, хотел поздравить с праздником, хоть и поздновато.

— Хорошо, я передам, не беспокойтесь.

— Буду весьма признателен. Ох, а как ваше имя-отчество?

— Августа Филипповна.

— Очень приятно. Августа Филипповна. Всего вам доброго.

Надо же, подумал Федор Федорович, какой приятный голос и манера у ее мамы... Он с содроганием вспомнил голос бывшей тещи. Теоретически Ираида может мне позвонить... Ага, размечтался, дурак! Нужен ты ей... А вдруг нужен?

Глава десятая

— Ирка, кто такой Федор Федорович? — огорошила дочку вопросом Августа Филипповна.

— Что? — не поверила своим ушам Ираида.

— Тебе звонил из Москвы некий Федор Федорович. Хотел поздравить с праздниками. У него очень приятный голос.

— Да?

— А кто он такой?

— Да никто. Случайно познакомились в Москве... Не о чем говорить.

— Зачем же ты дала ему не только свой, но и домашний телефон?

— Сдуру! — буркнула Ираида, сама удивляясь своей радости по поводу его звонка. Зачем он мне, я же решила вернуться к Виктору, он отец моего ребенка, и он сулит мне райскую жизнь в Испании...

— Ужинать будешь? — спросила мама.

— Да, мамочка, на улице холодно, я проголодалась.

— Знаешь, я звонила Сашке, он страшно доволен, говорит, там хорошая компания подобралась.

— Вот и слава богу!

— А почему Виктор не поехал к сыну?

— Потому что я наврала ему, что лагерь под Москвой.

— Господи, зачем?

— Чтобы ребенок нормально отдохнул!

— Да, может, ты и права. И все же, кто такой этот Федор Федорович? Ира, не ври мне! Ты вернулась из Москвы с синяками, они еще не прошли, и возник какой-то Федор Федорович. Сдается мне, ты с кем-то подралась, хоть это и не твой жанр, а этот господин тебе помог... И ты в благодарность дала ему свои телефоны.

— Боже мой, мама, ты просто Шерлок Холмс!

— Ира, ты дралась? — ужаснулась Августа Филипповна.

— А что мне оставалось? Эта Агнесса меня бы попросту придушила, пришлось сопротивляться.

— У тебя что-то было с Карякиным?

— Ничего! Абсолютно ничего! Он как-то на банкете наговорил мне кучу комплиментов, вот и все.

— И все же, этот Федор Федорович... Откуда взялся?

— Он гулял со своей собакой, собака, кстати, чудо.

— Погоди, это та красивая собака с такой смешной цитрусовой кличкой?

— Да, мамочка, та самая, Апельсиныч... ее зовут Апельсиныч...

— А ведь он тебе понравился, этот хозяин собаки.

— Да, он славный, такой большой... и очень внимательный. Он помог мне, Апельсиныч нашел в снегу мой телефон, а Федор Федорович повел меня в кафе, куда пускают с собаками. Потом посадил в машину и, как оказалось, даже оплатил такси.

— Ох, Ирка, только не вздумай завести с ним шашни! Именно сейчас это совершенно лишнее, когда вернулся Виктор...

— Я все понимаю, мамочка! И какие там шашни...

Но едва мама ушла к себе в комнату, Ира достала телефон, но вдруг задумалась — позвонить или лучше написать? Нет, все-таки позвоню, по голосу что-то пойму... И она решительно набрала номер.

— Алло! — сразу откликнулся Федор Федорович. — Ираида, это вы? Рад! Очень рад, что вы позвонили...

— Я хотела тоже поздравить вас... А вы вроде бы собирались в Питер с Апельсинычем?

— Да, но... тут всякие заморочки... — забормотал Федор Федорович. — Замотался... Но я приеду! Только на один день... И без собаки, на «Сапсане»...

— Это было бы здорово. А с кем же останется Апельсиныч?

— Ну, ко мне ходит убирать одна женщина, она согласится... Скажите, Ираида, когда вам удобнее, чтобы я приехал?

— Может, послезавтра? У меня будет свободный день, смогу показать вам город...

— О! Тогда решено, послезавтра!

— Хотите, я встречу вас на вокзале?

— О, это чересчур любезно... Но я был бы страшно рад!

— Тогда советую выехать первым поездом, в Питере будете даже еще затемно... И непременно скиньте мне номер вагона...

— Ира, я не знаю, чем я заслужит такое внимание! — воскликнул потрясенный Федор Федорович.

— Да что тут особенного? Если б вы приезжали в отель, дело другое. А так... Вы же не будете знать, куда деваться. Насколько я поняла, вы города совсем не знаете...

— Вы правы, практически совсем не знаю.

— Вот видите!

— Ну что ж, я польщен... и бесконечно вам благодарен. Значит, до встречи послезавтра?

— Да, Федор Федорович, до послезавтра! И она отключилась.

Я что, с ума сошла? Едва знакомому мужчине сделала какие-то авансы... Хотя почему? Никакие это не авансы. Ерунда! Просто элементарное питерское гостеприимство. Я не могу и не хочу звать его домой, а погулять с ним по городу, показать ему город так, чтобы он полюбил его, это задача... достойная истинных питерцев! У него по телефону очень приятный и... сексуальный голос. И вообще... Ну почему я так обрадовалась его звонку, что даже не постеснялась сама ему позвонить? Это на меня не похоже. Только бы погода не подвела, а то... Она полезла в Интернет. На послезавтра обещают легкий мороз и слабый ветер. Самое оно!

Федор Федорович, как человек в высшей степени деловой, сразу же позвонил Татьяне Андреевне.

— Татьяна Андреевна, еще раз с Новым годом! Голубушка, у меня к вам просьба. Мне послезавтра кровь из носу надо с утра быть в Питере, я выеду первым поездом в 6 с чем-то. Вы не побудете денек с моим Апельсинычем?

— Да не вопрос, Федор Федорович! А хотите, я останусь у вас с вечера, вам тогда не придется с утра с ним гулять, и дождусь вас. Езжайте спокойно, уж не обижу я вашего пса.

— Ох, спасибо! Это просто идеальный вариант!

Как удачно все складывается! В самом деле, первоначальный план с поездкой на машине показался ему слишком громоздким. Какая-то собачья гостиница... Да и вообще... Апельсиныч был бы там лишним, даже в приличный ресторан женщину не пригласишь... А так — один день, туда и назад... Самое оно! Но какая она милая, эта Ираида Валерьевна... Нет, ей совершенно не идет ее имя. Ираида! Как-то чересчур твердо звучит, даже неприступно... Крепость Ираида... А она не такая...

И он завалился спать вполне довольный жизнью.

Апельсиныч обиделся. Что это за дела? Умчался куда-то ни свет ни заря, даже не погулял со мной! Что это значит? Первый раз такое... Конечно, Татьяна женщина хорошая, заботливая, но это же не то... Она ведь не понимает мою собачью душу, не спускает с поводка, боится, что убегу. Ее можно понять, а вот кто меня поймет? Например, позавчера вроде собрались куда-то ехать, а он вдруг повернул назад. А сегодня уехал... Без меня! Видно, я ему там не нужен. Помешал бы... Эх, хозяин, первый раз за то время, что я у тебя живу, ты горько меня обидел.

Объявлю голодовку, будешь знать. Правда, Татьяна приготовила мой любимый суп... Ничего, денек не поем, не страшно, зато он будет знать!

В дороге Федор Федорович решал кроссворды. Правда, его раздражали вопросы о театре, операх и балетах, тут он был не силен. Ничего, если закручу с Ираидой, может и наблатыкаюсь...

Но вот объявили, что поезд прибывает в Санкт-Петербург. Федор Федорович оделся. В руках у него ничего не было. А что нужно на один праздничный день? Бумажник и телефон. Хорошо! Зато можно будет сразу взять ее под руку... Неужели я сейчас ее увижу? Даже не верится... А если она мне сейчас не понравится? Вдруг испугался он. Ну и что? Я же не жениться еду, а просто погулять... по городу.

Но она ему понравилась! Очень! Она стояла на перроне, вглядываясь в выходящих из вагона мужчин. Забыла, наверное, как я выгляжу. Но тут ее лицо осветилось улыбкой. Он шагнул на перрон.

— Здравствуйте, Ирочка!

— Здравствуйте, Федор Федорович!

— Очень, очень рад вас видеть! Ну, командуйте, куда мы сейчас?

— Сегодня, слава богу, хорошая погода. Можно будет погулять... Или, может, хотите в какой-нибудь музей?

— В музей? Нет, для начала я хотел бы...

— Вероятно, позавтракать? Вы в такую рань встали...

— О да! С удовольствием! А вы со мной позавтракаете?

— Да, я тоже сегодня не успела поесть. Убежала пораньше от маминых расспросов. Вы даже представить себе не можете, сколько вопросов задала мама после вашего звонка, уму непостижимо.

— Ну что ж, уже по первому вопросу мы пришли к согласию, это обнадеживает, — засмеялся Федор Федорович. — ведите, я тут совсем ничего не знаю, кроме гостиницы... забыл, как называется, помню только, что на Петроградской стороне. Хорошая, кстати, гостиница.

— У вас обувь удобная? А то я намерена таскать вас по городу пешком.

— Вроде удобная. А если что, я взмолюсь о пощаде.

— Ну тогда в путь! Тут неподалеку есть хорошее кафе. Там перекусим и пойдем гулять.

— А ваш сынишка?

— Он сейчас в зимнем лагере.

Интересно, думала Ира, он в костюме с галстуком? Каково же было ее удивление, когда он снял дубленку и остался в красивом синем пуловере поверх светло-серой рубашки. И все это так хорошо на нем сидело. У него отличная фигура... И вообще, он интересный, даже очень. И смеется так хорошо, заразительно и... смешно! Так морщит нос, когда хохочет...

Позавтракав, они пошли гулять. Он держал ее под руку и идти с ней было удобно. И вообще с ней было хорошо. Она так много знала о своем городе, так горячо и интересно рассказывала о нем, что он заслушался.

— Не устали, Федор Федорович?

— Нет, вы так хорошо рассказываете, и тут, правда, так удивительно красиво...

— Вам надо приехать летом, когда можно покататься на катере по каналам и по Неве... Это вообще сказка... Знаете, я много поездила с театром, но более красивого города не видела. А вы бываете за границей?

— Бываю.

— Ах да, вы же недавно были на Кубе, где пробовали всякую дрянь! — засмеялась она.

— Да, — улыбнулся он, — еще я бывал в Германии неоднократно, в...

— Федор Федорович, а вы вообще-то Медного всадника видели?

— Только на картинках. Ну и на титрах «Ленфильма», — смущенно признался он.

— Тогда сейчас идем туда! Это должен видеть каждый! А потом пойдем обедать, по-моему я вас уже затаскала.

— Если б вы знали, как мне приятно вот так таскаться с вами, но есть и вправду уже хочется. И, может быть, даже немножко выпить?

— Согласна! Хреновуху пьете?

— Обожаю!

— Значит, я знаю, куда мы пойдем. А сейчас к Фальконе!

— Куда? Вы говорили про Медного всадника...

— А Фальконе скульптор, создавший Медного всадника.

— Ай как стыдно! Я же знал, но забыл...

— Ничего, прощаю!

— Знаете, Ира, я вообще-то позорно мало знаю о многом... общекультурном.

— А я абсолютно ничего не знаю о том, чем занимаетесь вы, но если мы будем иногда с вами общаться, то, возможно, восполним кое-какие пробелы.

— Будем! Обязательно будем общаться и... восполнять пробелы!

— Федор Федорович, а расскажите о себе, я же ровным счетом ничего о вас не знаю.

— Что же вам рассказать? Я занимаюсь строительством газопроводов, руководил разными объектами в самых разных точках, и у нас, и за рубежом... А теперь я, в сущности, чиновник...

— А где вы родились, кто ваши родители?

— Родился в деревне под Курском, отца не знал, мать... рано умерла, меня взяла к себе учительница, золотая женщина... Она очень строго меня воспитывала, хотя любила, я был способный, очень хорошо учился, все схватывал налету... После школы легко поступил в Керосинку, знаете, что это такое?

— Знаю, — кивнула Ира.

— Ну вот... мне предлагали аспирантуру, но я решил, что надо зарабатывать деньги, и уехал в Тюменскую область, вкалывал там, но все-таки защитил кандидатскую, а потом уж и докторскую...

— Ого!

— Да ладно, моя бывшая теща называла меня «серость непроцарапанная», и сегодня я именно такой серостью себя и почувствовал...

— А что, ваша теща была высокообразованной дамой? — улыбнулась Ираида.

— Да я не уверен даже, что она знает имя-отчество Пушкина.

— Тогда почему?

— Спросите что-нибудь полегче, — рассмеялся Федор Федорович. — И вообще, я не хочу о ней вспоминать. Отвратительная баба! А теперь ваша очередь, Ирочка!

— Ну что вам сказать... Я, кажется, уже говорила вам, что я из музыкальной семьи... окончила консерваторию, меня сразу взяли в Мариинку, так и работаю. Вышла замуж за аспиранта Техноложки, казалось, по безумной любви, родила сына... Муж занялся бизнесом и вроде бы все было хорошо... но в один прекрасный день он вдруг исчез. Как сквозь землю провалился. Только записку оставил, что обстоятельства вынуждают... Я страшно горевала. Любила его... Но он несколько лет не подавал признаков жизни, а тут вдруг на днях возник...

У Федора Федоровича внутри все оборвалось.

— И что? — с замиранием сердца спросил он.

— Говорит, что любит по-прежнему, но не в состоянии выносить питерский климат, живет теперь в Испании, в Барселоне, у него там свой успешный бизнес, роскошная квартира в десяти минутах от моря, и Сашке там будет лучше... может, и так... у него часто бронхиты бывают.

— И вы... согласились вернуться к нему?

— Согласилась, да. Хотя не уверена, что он вообще появится еще...

— А с сыном он виделся?

— Нет. Я не хотела... Парень разволнуется, будет питать какие-то надежды...

— Иными словами, вы совершенно не уверены в этом вашем бывшем?

— Все так, не уверена.

— Тогда зачем согласились?

— Знаете, вдруг так захотелось в тепло, к морю, жить в огромной квартире... и не сидеть больше в оркестровой яме. Господи, почему я вдруг так разоткровенничалась с вами? Мне это не очень свойственно... — смущенно улыбнулась она.

Возникла неловкая пауза. Они давно уже сидели в небольшом уютном ресторане и им как раз подали огненные кислые щи, в которых плавали красные ягодки.

— А что это? — прервал молчание Федор Федорович.

— Клюква.

— Сроду не видал клюкву в щах, а вкусно!

— Это просто капуста заквашена с клюквой, — улыбнулась Ираида, безмерно благодарная ему за смену темы. Он еще и тактичный...

Он разлил из графинчика хреновуху по стопочкам.

— Ирочка, я хочу выпить за вас и пожелать вам настоящего счастья, надежного...

— Спасибо, спасибо большое, Федор Федорович, — грустно улыбнулась Ира.

И кто меня за язык тянул, зачем я рассказала ему о Викторе? Он теперь отступится... одно дело одинокая женщина с ребенком и совсем другое... Черт, а меня так к нему тянет... хотя Виктор в сто раз красивее...

— Ирочка, а вы часто бываете в Москве?

— Не очень. У меня там тетка живет, сестра отца...

— Скажите, Ира, у вас хорошие отношения с сыном?

— О да! Мы друзья! Он еще маленький и доверяет мне свои секреты. Я стараюсь приучить его к мысли, что мне можно все сказать, никогда не ругаю за неважные отметки, совсем плохих у него не бывает, он способный парень...

— А у меня вот с дочкой вдруг все разладилось. Я тоже считал, что мы друзья, но я почти не бывал дома, мы общались по скайпу чуть ли не каждый день, и вдруг, когда я вернулся, она практически сделала мне козью морду. Я предложил поехать вдвоем к морю, думал, обрадуется без ума, а она вдруг заявила, мол, не хочу, ты там будешь бухать, бегать за тетками, а я утону... Хоть стой, хоть падай!

— А вы что?

— Попытался вразумить ее как-то, но без толку... да еще... я ушел от жены, и это добавило... Теперь я воскресный папа, и ее мамаша недавно объявила мне, что у Шурки аллергия на Апельсиныча, и я теперь буду встречаться с дочкой только в общественных местах... Я поначалу собирался забрать ее, но юристы мне объяснили, что шансов у меня практически нет, только если я представлю какой-то компромат на жену, а это гадко... Да Шурка уже и не любит меня...

— Так, может, ради дочки стоит вернуться в семью?

— О нет! Это попросту невозможно... Я умру там.

— Даже так?

— Да, именно так! Ох, хороша хреновуха. И вообще, мне давно не было так хорошо, как сегодня. Спасибо вам, Ирочка!

— Я рада! Мне тоже с вами хорошо и уютно, Федор Федорович!

— Ира, это как-то неправильно, я зову вас просто по имени, а вы меня по имени-отчеству!

— Знаете, я наверное звала бы вас по имени-отчеству даже если бы вы были моим мужем!

— Оп-ля! Но почему?

— Вам идет! Вы такой основательный, большой...

— Ну ладно, пусть... — смутился он. Но вдруг вскинул на нее озорно блеснувшие глаза: — То есть вы вполне способны представить меня в роли своего мужа?

— Ага! Способна! Вполне способна!

— Ничего себе!

Она сидела на диванчике, а он на стуле и в маленьком, всего на три столика зале никого не было. Он стремительно пересел на диван, схватил ее, сжал и поцеловал в губы. Она ответила на поцелуй. Он сжал ее еще крепче. Тут кто-то кашлянул в дверях, и он вернулся на свое место. Официантка унесла тарелки.

— Горячее будет буквально через пять минут! — сообщила она.

— Ира, простите, если...

— Нечего прощать, если честно, я хотела этого еще там, в Москве, в том кафе...

— Только этого?

— Нет, не только...

— Господи, что вы со мной делаете!

— Я вас шокирую?

— Нет, — вдруг рассмеялся он, — вы меня восхищаете!

— Как вы смешно смеетесь, так забавно и мило... Вы вообще ужасно, просто ужасно милый...

— Ирочка, вы меня смущаете, я как-то не привык к комплиментам от дам...

— Да быть не может!

— Ну, или не в такой обстановке, — произнес он и вдруг залился краской.

— Боже, Федор Федорович, вы смутились? Невероятно!

— Ну вообще-то меня трудно смутить, но вам удалось. Ну и что теперь делать?

Она улыбнулась так, что он чуть не задохнулся.

— Я вас правильно понял? — охрипшим вдруг голосом спросил Федор Федорович. — Ну, в Москве бы я знал... а тут... Вряд ли в праздники можно найти гостиницу...

— Ну, в принципе, вероятно, можно, но я так не хочу!

— А как? Как вы хотите?

— Я послезавтра могу приехать в Москву. На сутки. Вы будете свободны?

— Да! — просиял он. — Я буду знать, что делать!

И он пристально посмотрел ей в глаза.

Они выпили еще хреновухи, что-то ели...

— Федор Федорович, признайтесь честно, я вас шокировала?

— Шокировали? Нет, нисколько, просто... приятно удивили, я не ожидал.

— А если не ожидали, зачем приехали?

— Да, не ожидал, но... надеялся!

— Черт знает что, какой-то разговор... Все время на грани фола... И поверьте, я еще никогда не вела подобных разговоров ни с одним мужчиной. Но вы какой-то особенный, с вами неохота притворяться. Не знаю, что вы обо мне думаете... Но это и неважно. Я ведь все равно уеду в Испанию, сыну нужен отец... а это...

— Послушайте, Ира, не мучьте себя. Плевать на всякие правила приличия. Ну их в баню! Есть мы с вами, мужчина и женщина, и вовсе не обязательно женщине притворяться и скрывать свои... нет, не чувства, для них еще рано... но свои порывы и желания. Поверьте, это прекрасно, со мной еще такого не было... И я рад, безумно рад, что вы дали мне возможность испытать то, что я здесь испытал... Ваша откровенность... она поистине прекрасна. И я с огромной радостью и волнением буду ждать вас в Москве. И встречу на вокзале и... мы поедем ко мне, но только в том случае, если вы захотите, не передумаете...

Она посмотрела ему прямо в глаза.

— Я не передумаю!

...В поезде Федор Федорович блаженно закрыл глаза, вспоминая буквально по минутам сегодняшний день. Надо же, какая она! Вот уж точно, флейтистка! Тонкая штучка... И при этом ни капли вульгарности, и почему-то я ей верю... А почему бы и нет? Я знаю, что нравлюсь бабам. Нет, она совершенно не баба, а именно что Женщина с большой буквы! Взрослая женщина... И я хочу ее. А она хочет меня... Вот и чудесно, каникулы скоро кончатся, будет не до женщин, так закрутит, что только держись. И к ней вернется ее муж. И будет в жизни такой необычный эпизод... То есть ничего необычного в самом эпизоде нет, дело житейское, но вот партнерша очень необычная, по крайней мере, мне такие еще не встречались... Волшебная флейтистка! Так я буду ее звать про себя. Кажется, есть такая опера «Волшебная флейта». А у меня будет «волшебная флейтистка»!

Глава одиннадцатая

Татьяна Андреевна погуляла вечером с Апельсинычем, попыталась покормить, но тот отказывался есть.

— Ну что ты, дурачок, хозяин твой скоро приедет, чего ты загрустил? Вот часика через полтора уж дома будет. Ну ладно, потом небось поешь! Ишь как привязался к новому хозяину... А он и вправду очень хороший мужик, твой хозяин. Ну ладно, я уж пойду. Пора мне.

И она ушла. Апельсиныч остался совсем один.

Федор Федорович подошел к своим дверям и услыхал жалобный скулеж.

— Ах ты господи, Апельсиныч, я приехал!

Его взору представилась поистине ужасная картина. Шикарный дипломат из крокодиловой кожи, подаренный ему на прощание коллегами, был изгрызен в клочья! Были обгрызены все углы, и сейчас Апельсиныч догрызал ручку.

— Э, брат, ты что натворил? Что за дела?

Пес испуганно отползал в угол.

Федор Федорович присел на корточки.

— Это ты тут без меня затосковал? Но ведь меня не было всего один рабочий день, дело обычное... Или ты что-то почуял, бедолага? Поверь, тебе ничто не угрожает, ты у меня по-прежнему самый любимый, самый родной. Но безобразничать не надо было... И чего ты не сгрыз какие-нибудь старые ботинки? Вот придется теперь покупать новый кейс, а то с чем я на работу буду ходить, скажи на милость?

Поняв, что хозяин не сердится, Апельсиныч вскочил, лизнул его в лицо, запрыгал по прихожей и ринулся в кухню. Очень хотелось есть! Нет, больше я голодовку объявлять не буду, сволочная какая-то выдумка, эти голодовки!

— Лилька, я влюбилась! — восторженно сообщила Ираида закадычной подруге.

— Господи, в кого?

— Догадайся с трех раз?

— Да мало ли!

— В Федора Федоровича!

— Постой, это в того, из Москвы?

— Да! Он потрясающий!

— Погоди, он что, приезжал?

— Да, а завтра я поеду в Москву, вернее, еще сегодня, ночным поездом.

— К нему, что ли?

— Конечно!

— Трахаться?

— Да! Именно!

— Вы еще не успели?

— Негде было. Да и вообще... Знаешь, он такой удивительный, я с ним вдруг почувствовала себя так свободно, что сама удивлялась. И вела себя...

— Что, неприлично?

— Кому-то могло бы так показаться, да и мне сейчас так кажется. Я открытым текстом сказала ему, что хочу его...

— Матерь Божья! А он?

— А он... он все понял. Очень точно все понял. И я бы сказала, тонко... С виду такой здоровенный мужик, громила, можно сказать, а душа тонкая... И такой такт... Одним словом, чудо!

— А как же Виктор? Испания?

— Это только ради Сашки... Я Виктора уже не люблю. Но он предлагает мне совершенно другую жизнь... И чего ради я должна отказываться?

— А этот твой москвич... он не женат?

— В разводе. Там есть дочка, с ней сложные отношения... Оно мне надо?

— Господи, Ирка, это на тебя совсем непохоже.

— А у меня крышу снесло. Напрочь! Ты бы видела, Лилька, какие у него руки... И как он целуется... Голова кругом...

— Да, подруга, я тебя сколько знаю, сроду таких речей от тебя не слыхивала... И впрямь, с ума спятила.

— Ага! Спятила! — радостно подтвердила Ираида.

— А Августа Филипповна в курсе?

— Нет, зачем ее волновать... Она думает, что я радуюсь испанской перспективе.

— Слушай, Ирка, хочешь мудрый совет?

— Ну, попробуй!

— Не стоит тебе мчаться в Москву. А то трахнешься, крышу снесет окончательно, и ты все поломаешь, а в результате сядешь между двух стульев. Решила перебраться в Испанию, вот и действуй в этом направлении.

— Еще чего! Чтобы я не поехала к этому человеку? Да ни за что! Поеду! И будь что будет! Мне стоит только закрыть глаза, я вижу перед собой его лицо… эти серые глаза…

— Большие?

— Нет. И мешки под глазами, и рот тонкий… Но все вместе… Я с ума схожу… Ей-богу, Лилька, если я завтра с ним не пересплю, я умру!

— Ни фига себе! Это что же, сексуальный шок? Или, как говорят англичане, «солнечный удар»?

— Ерунда. Основной инстинкт! — засмеялась Ираида, а Лиля взглянула на нее с изумлением. Смех подруги звучал даже как-то непристойно, что ли…

— Эк тебя припекло!

— То ли еще будет!

— Ох, Федор Федорович, до чего ж пес ваш тосковал! Не ел даже, уж я ему говорю, мол, хозяин скоро будет, а он… И чемоданчик ваш сгрыз, куда это годится?

— Да ладно, чемоданчик купим.

— А я вот по телевизору видала, что теперь есть такая профессия — зоопсихолог, и будто бы они могут отучить животное безобразничать...

— Ну, допустим, отучит он его безобразничать, но он ведь это от тоски, а тосковать-то он его уж точно не отучит.

— Но чего он вдруг затосковал? Вы ж почитай каждый божий день на работе до ночи, а он ничего...

— А знаете, почему он кейс сгрыз, именно кейс?

— И почему?

— Потому что я с этим кейсом уходил на целый день, а тут меня нет, а кейс вот он, стоит, непорядок, вот ему и стало страшно, вдруг он опять осиротел. Так я понимаю эту ситуацию.

— Ох и повезло же псине! Такой понимающий хозяин ему достался...

Следующий день прошел для Апельсиныча спокойно и радостно. Хозяин с ним гулял, как обычно, днем они съездили в какой-то магазин, где хозяин купил себе новый дипломат. Апельси-

нычу стало немножко стыдно. И чего я запаниковал? Он же вернулся, хоть и поздно, но вернулся... А что я голодал, даже не заметил... Дома
хозяин положил в новый кейс какие-то бумаги,
до которых у Апельсиныча зубы не дошли, а сам
кейс положил на верхнюю полочку в стенном
шкафу. Вот и правильно, там я его не достану...

А вот на следующий день Апельсиныч решил,
что хозяин сегодня уже пойдет на работу. Он
вышел на прогулку, как обычно, в шесть часов
утра, а потом ушел, опять без чемоданчика, но
уходя сказал:

— Я скоро!

Апельсиныч понял и хорошо позавтракал.

А Федор Федорович сел в машину и поехал
на Ленинградский вокзал. Он здорово волновался. Предупредил Татьяну Андреевну, что сегодня
она может быть свободна. Поменял постельное
белье. Было еще совсем темно, дул противный
холодный ветер, выходить на перрон раньше времени не хотелось, но, с другой стороны, нужно,
чтобы она сразу меня увидела, чтобы даже на
секунду у нее не закралась мысль, что я не при-

ехал... Надо же, вдруг удивился он сам себе, сроду меня такие мысли не посещали. Волшебная флейтистка! Он рассчитал, где должен остановиться девятый вагон. О, вот она. Он протянул к ней руки и она прыгнула прямо в его объятия.

— Приехала! До чего ж я рад!

— И я! Я так рада!

Он поцеловал ее, и оба задохнулись.

Она была только с маленькой сумкой. Он отобрал у нее сумку.

— Идем скорее, холодно!

— Ты на машине?

Он обрадовался, она сама перешла на «ты»!

— Да! Спасибо!

Она не спросила, за что.

— О, у тебя «Вольво»! Я почему-то так и думала.

— Ты думала, какая у меня машина? — искренне удивился он.

— Да, я вообще все время думала о тебе, о том, как ты живешь, какая у тебя машина, квартира, я знала только, какая у тебя собака.

— Собака у меня чудесная, только, знаешь, он ужасно ревнивый... И жутко боится второй раз потерять хозяина.

— Федор Федорович, ты... ты удивительный человек... я таких еще не встречала...

— Да ладно... — смутился он, — брось...

— А ты далеко живешь?

— От чего далеко? От вокзала довольно далеко, зато совсем близко от работы. Но это не моя квартира, служебная. Мне надо свою покупать... И знаешь, у меня там... как-то...

— Не очень уютно, да?

— Именно.

— А ты квартиру оставил жене?

— Конечно. И дачу тоже. Взял только машину. Им она без надобности. Но с тех пор, как у меня поселился Апельсиныч, мне стало как-то уютнее в моем временном жилье. Господи, о чем мы говорим! Ты приехала ко мне, это же поистине чудо! Ты ж меня совсем не знаешь...

— Но ведь ты меня уж совсем не знал, когда приехал в Питер, а теперь у нас позади есть один день, и мы что-то такое разглядели друг в друге...

Апельсиныч услышал голоса за дверью. Хозяин пришел, но не один. С ним какая-то тетка... Это зачем? Но, может, ничего плохого от этой тетки не будет? Он поспешил к дверям.

— Апельсиныч, здравствуй, дорогой! Можно тебя погладить?

Что-то знакомое, подумал Апельсиныч, кажется, я ее уже видел. Он принюхался к гостье. А, это та тетка, которая дралась в снегу, я еще нашел ее телефон, а потом мы сидели в моем любимом кафе и она угощала меня кексом. Она хорошая. И пес лизнул гостье руку.

— Ах ты мой милый! — растрогалась она.

— Ты ведь не завтракала? — спросил Федор Федорович.

— Я не хочу...

И она очень выразительно на него посмотрела. Он все понял, схватил ее, сжал, начал целовать... и через мгновение дверь в спальню хозяина закрылась. Апельсинычу это не понравилось. Он вообще терпеть не мог плотно закрытые двери. Хотелось залаять, но после изничтоженного кейса он решил быть тактичным, мало ли что, наверное, так надо... Ладно, пусть, пойду-ка я послплю... Но заснуть ему не удавалось. Из спальни доносились звуки, смущавшие его собачью душу. Такого еще не было с этим хозяином. С прежними иногда бывало, но очень недолго, а тут... Скрип кровати, какие-то стоны, вскрики, лихорадочный шепот и снова стоны... Но вот дверь открылась, вышел хозяин голышом и, чуть пошатываясь, прошел на кухню, не обратив внимания на Апельсиныча. Он поставил на поднос стаканы, бутылку, фрукты и пошел обратно. Апельсиныч тихонько тявкнул.

— Извини, брат, такое дело... — сказал хозяин и снова скрылся в спальне, ногой закрыв дверь. Из-за двери доносился смех, потом все стихло ненадолго, и опять началось...

Апельсиныч волновался. Обо мне, что, забыли, со мной надо погулять, я же три раза в день гуляю... Но вскоре в спальне стало тихо, вышел хозяин, уже одетый, хотя вид у него был как после выпивки с другом Ильей... Апельсиныч успел краем глаза заметить, что тетка спит.

— Пошли, брат, погуляем!

Апельсиныч восторженно взлаял.

— Тише ты, дурачок! Она уснула... Это, брат, такая женщина, только спятить... У меня таких еще не было, да и вряд ли будет...

Они пошли в парк. Хозяин спустил пса с поводка, а сам плюхнулся на сырую лавочку. Апельсиныч побегал, справил свои дела и вернулся к лавочке. Хозяин сидел, закрыв глаза. Спит, что ли? Нельзя долго сидеть на сырой лавке, подумал Апельсиныч и тявкнул. Хозяин открыл глаза.

— Нагулялся? Пошли домой!

Все-таки мой хозяин самый лучший, я ведь знаю, чем он там занимался с этой теткой, у меня тоже такое было, и я потом спал без задних лап, а он не забыл обо мне, и хотя явно устал, все-таки вывел меня...

Когда они вошли в квартиру, им навстречу вышла эта тетка, одетая почему-то в синюю рубашку хозяина.

— Я проснулась, а тебя нет, и Апельсиныча тоже, я поняла, что вы пошли гулять, ну ты силен, я просто отрубилась...

— А я уже соскучился, — нежно проворковал Федор Федорович, — тебе идет эта рубашка, у тебя такие красивые ноги... И вообще... Я просто схожу с ума...

— А я уже сошла... слетела с нарезки, поверь, я никогда даже подумать не могла, что способна так себя вести.

— Да и я тоже...

— Ты, наверное, черт знает что обо мне думаешь, что я какая-то сексуальная маньячка или просто шлюха...

— Да господь с тобой, ничего я такого не думаю. Я просто не могу себе представить, как дальше жить без тебя…

— А я буду иногда вырываться к тебе, пока не уеду в Испанию…

— Нет! Это невозможно! Не надо в Испанию… Ты ж его не любишь! Что за жизнь у тебя там будет? Перебирайся ко мне вместе с сыном, я люблю детей, умею с ними ладить.

— Федор Федорович, золотой ты мой, у тебя явно давно не было женщины, вот ты и разнежился… О чем ты говоришь? Ей-богу, как дитя неразумное… Я понравилась тебе в постели, и ты мне… просто невероятно понравился, но на кону жизнь ребенка, которого ты даже в глаза не видел… А если у нас не сладится? А я там все порушу? Поверь мне, у нас с тобой сейчас все так изумительно, вне всякого быта. Пусть это будут редкие встречи, но тем они будут ценнее… Поверь, я с ума по тебе схожу, но… Сын есть сын, ему нужен отец, и желательно родной. Но я буду приезжать из Испании, ведь мама останется здесь… А ты только недавно вырвался на свободу и сразу закабалять себя… Зачем?

В душе Федора Федоровича все клокотало от обиды и возмущения. Она это поняла, подошла, села к нему на колени. Принялась ласиться.

— Ну что ты, милый, не обижайся... Ты для меня чудовищно важен... Я, может, даже люблю тебя, но...

— Нет, никакая это не любовь, Ирочка! Это как-то иначе называется, влечение, что ли... Я не силен в такой терминологии. Я вообще достаточно примитивный тип.

— О нет, ты совсем не примитивный, ты в чем-то даже очень тонкий и проницательный, но ты, наверное, забыл, что писал Толстой в «Анне Карениной»...

— И что же он писал?

— Сколько сердец, столько родов любви...

— Знаешь, я эту самую «Анну» едва смог одолеть. Кошмарная какая-то баба... Всю кровь у двух мужиков выпила...

— Федор Федорович, ты с ума сошел! — рассмеялась Ираида. — Но, значит, все же одолел, если так говоришь.

— Пришлось, но с такими муками...

— Если ты хочешь меня шокировать, то напрасно, мне наплевать на твой культурный багаж... Ты для меня идеал мужчины.

— Так в чем же дело? Почему ты не хочешь быть со мной, выйти за меня?

— А нельзя выходить замуж за идеал!

— Почему, интересно знать?

— Очень просто — некуда уже повышать планку, и в браке начнутся сплошные разочарования... Идеал померкнет, а я так не хочу!

Федор Федорович не знал, что на это ответить. Он молча пожал плечами. И произнес:

— Ладно, будь по-твоему.

— Вот и чудесно! А сейчас мне надо во что бы то ни стало хоть на полчаса заехать к тетке, а то потом разговоров не оберешься.

И она начала одеваться.

— Но я думал проводить тебя на вокзал...

— Нет, не нужно, милый, это лишнее. Закажи мне такси и я поеду...

— Как угодно!

Машина пришла через пять минут.

— Федор Федорович, милый ты мой, не обижайся на меня, поверь, это был самый лучший день в моей жизни, мне никогда и ни с кем не было так хорошо, и тебе, судя по всему, тоже... Вот и будем радоваться, что мы нашли друг друга. И давай не будем друг друга терять... Звони мне, я тоже буду, и приеду при первой возможности, и ты приезжай... Короче, у нас все только начинается, дорогой мой...

— Что начинается, Ира? — горько усмехнулся Федор Федорович. — Знаешь, это как в плохом кино... только увлекся сюжетом, а кино уже и кончилось. Чувствуешь себя обманутым.

— Но ты же не мог думать, что я сразу... все брошу... забуду о сыне...

— Да ладно, что мы будем толочь воду в ступе, все более чем ясно. Такси ждет. До машины-то можно проводить?

— Ну конечно! Что ты спрашиваешь!

Они спустились вниз.

— Ну все! И прости меня, милый, я не хотела тебя обидеть.

— Да, понимаю, ты не хотела меня обидеть, ты просто захотела меня, получила свое и теперь отваливаешь!

— Фи, как грубо! Но я не сержусь, я все понимаю, и обязательно буду еще звонить.

И она уехала.

В самом деле, я же нахамил ей... А за что? За то, что она не согласилась сразу выскочить за меня? Так ей спасибо надо было бы за это сказать. Зачем мне сейчас новая жена, да к тому же практически незнакомая... Я бы опять вляпался. Мало тебе, дураку? Да, она фантастически хороша в постели, просто крышу сносит, но для жены это же не главное... Флейтистка... Да все ясно, я для нее вполне сгодился как мужик, но совершенно не гожусь в мужья! Она такая изысканная дамочка, а я «Анну Каренину» едва одолел... В ее кругу это небось невесть какой грех... Да, Федя, права была Калерия Степановна, серость ты непроцарапанная... Ну и как надо отнестись к этой ситуации? Как к роскошному сексуальному эпизоду, не более того... И ведь она сразу именно так к этому и отнеслась, и даже не пыталась это скрыть, а была весьма откровенна... Что ж, честь ей и хвала, но у нас разные пути-дорожки. Так и запишем. Было и прошло.

Он поднялся к себе.

— Апельсиныч, поди сюда.

Пес сразу явился и сел перед хозяином, который сидел на стуле в прихожей. Гулять было еще рано.

— Ах ты мой хороший!

Хозяин поцеловал его, потрепал по загривку.

— Что, друг ситный? Поимели нас и кинули? Так мне и надо, вообразил себе невесть что... Ох уж эти бесконечные праздники, рехнуться можно. Напиться, что ли? Нет уж, было бы из-за чего...

Апельсиныч обрадовался, он понял, что баба эта, скорее всего, тут больше не появится. Вот и хорошо. Зачем она нам?

Ираида действительно заехала к тетке.

— Ируся, что с тобой, ты какая-то взбудораженная?

— Не бери в голову, просто встретила одну знакомую из нашего театра, она сплетница жуткая, наболтала с три короба про Лильку, все сплошное вранье, ну я и разозлилась...

Тетка пристально посмотрела на племянницу, чуть раздула ноздри, что у нее служило признаком недоверия, но ничего не сказала.

Ираиде пришлось выпить с теткой чаю.

— Ируся, ты ночным едешь?

— Нет, последним «Сапсаном». Предпочитаю спать в своей постели.

— Ну-ну, — проговорила тетка, поджав губы.

Ираиде ужасно хотелось нагрубить ей, раскричаться, может быть даже заплакать, но она понимала — будет только хуже.

Глава двенадцатая

Домой она попала уже глубокой ночью. Августа Филипповна спала крепким сном. Стараясь не шуметь, Ираида заглянула на кухню. И улыбнулась невольно. Мама нажарила картофельных котлет и сделала грибную подливку — любимое блюдо Виктора. В знак протеста, что ли? Ираиде стало смешно. Какой протест? Против чего? Я сегодня отказалась от, возможно, самой большой удачи в жизни, даже от безумного счастья... Вот дура! И ради чего? Ради возможности жить с уже нелюбимым мужем в роскошной квартире в Барселоне? Нет! Нет!!! Неправда! Ради сына, его будущего, ради того, чтобы он рос в полной семье... Во лжи и притворстве... Да почему? Я когда-то любила Виктора, да, да, он меня обидел, горько обидел, и я обиделась, но теперь он раскаялся, хочет вернуться в семью, кажется, действительно любит сына... И он в эти годы не балбесничал, а наладил свой, видимо, успешный бизнес, старался для нас с Сашкой, а Сашке, между прочим, барселонский климат куда полезнее питерского. А я привыкну, втянусь... С дипломом Питерской консерватории найти работу вполне реально, и я, если честно, больше хотела бы преподавать, а не сидеть в оркестровой яме... Но Федор Федорович... Господи, какой он... Такой большой, такой невероятно сильный, а сколько в нем нежности... Мама бы наверняка назвала его мужланом. Он и вправду вроде бы мужлан, но какой потрясающий... А ведь он меня на прощание практически обхамил. Как он сказал? «Ты захотела меня, получила свое и теперь отваливаешь...» Но ведь он был прав, именно так все и получилось. И я, конечно, потеряла его, потеряла. Не тот он человек, чтобы крутить тайный роман с иногородней бабой. Да и когда ему? А даже если мы как-нибудь, допустим случайно, встретимся, как он будет на меня смотреть? Как на нимфоманку? Или на проститутку? И о чем я, дура набитая, думала? А ведь такого мужика враз уведут, как нечего делать... А тут могла случиться любовь, а случилась просто... случка... Видно, не судьба!

Новогодние каникулы, наконец, закончились. И предаваться воспоминаниям о прекрасной флейтистке не стало никакой возможности. Доклад, направленный непосредственно президенту, потребовал каких-то разъяснений. Федор Федорович все разъяснил очень четко и уверенно, это он умел, и в результате его труд был высоко оценен. Но были поставлены новые, поистине грандиозные задачи, и Федор Федорович рьяно взялся за их выполнение, но при этом он не забыл о Хлынове и вызвал его в Москву, но так, чтобы тот не заподозрил никакого подвоха.

Хлынов впервые летел в Москву к столь высокому начальству и страшно гордился этим фактом. Вероятно, рассчитывал получить от вышестоящих товарищей какие-то существенные преференции. Дело в том, что вызвал его не Федор Федорович, а один из его коллег, именно, чтобы Хлынов был спокоен. Ну, ты у меня попляшешь, сукин сын!

Войдя в офис, Хлынов был поражен роскошью интерьера. За стойкой администратора дивной красоты девушка очаровательно ему улыбнулась. Хлынов был мужик видный, нравился женщинам, и принял улыбку на свой счет. Улыбнулся в ответ.

— Здравствуйте! Чем я могу вам помочь?

— Моя фамилия Хлынов, я к Дубравину, по вызову.

— Минутку! Да, он вас сейчас же примет.

— Простите, красавица, — каким-то интимным тоном осведомился Хлынов, — а как его звать-величать, вашего Дубравина?

— Олег Дмитриевич.

— Вот спасибо!

— Лена, — распорядилась красавица, — проводи к Дубравину!

Лена тоже оказалась очень недурна и тоже улыбалась.

Хлынов вдруг начал волноваться, хотя внешне все было хорошо и ничто, собственно не предвещало никаких неприятностей. Лена привела его к лифтам. Ждать пришлось довольно долго, и волнение нарастало. Хлынов попытался завести с девушкой разговор, но тут, наконец, подошел лифт, и оттуда вывалилась целая толпа народу, и непонятно было, как они все там уместились. Наверх тоже лифт набился битком. Как сельди в бочке, раздраженно подумал Хлынов, понастроили небоскребов, а на лифтах сэкономили…

— Приехали! — возвестила Лена на пятнадцатом этаже и быстро пошла вперед, громко цокая каблучками. Хлынов едва поспевал за ней.

— Даш, это к Олегу Дмитричу господин Хлынов.

— Да-да, прошу вас, присаживайтесь! Олег Дмитрич скоро вас примет.

Хлынов сел, нервно подергивая ногой.

— Может быть, чаю или кофе? — любезно предложила Даша.

— Ничего не нужно, — буркнул Хлынов, даже не поблагодарив.

Прошло минут десять. Что он меня тут маринует, этот Дубравин? Но тут Даша сказала:

— Господин Хлынов, проходите в кабинет.

Тот вскочил и рванул дверь. Помещение было сравнительно небольшим, с огромными окнами, откуда открывался роскошный вид на Москву.

Дубравин сидел за столом и, как показалось Хлынову, неприязненно взирал на посетителя.

— Присаживайтесь, — хмуро произнес он. — Ну, рассказывайте!

— Что? — оторопел Хлынов.

— Как вам работается на новом месте, какие проблемы, что, может быть, нужно от нас?

Хлынов слегка приободрился.

— Ну, сами понимаете, проблем много, можно сказать, сплошные проблемы, но я на то и поставлен, чтобы их решать по мере возможности. Я, знаете ли, принял дела у Свиридова, а они у него были не в самом лучшем виде, вот и приходится за ним подчищать.

— Да? — удивленно поднял брови Дубравин. — Ну-ну, что же вы замолчали? Говорите!

— Свиридов безобразно распустил коллектив, вольницу, вишь ли, развел. Никому слова не скажи, обижаются. Свиридов им, вишь ли, потакал, а я не намерен. Вот и пришлось закручивать гайки. Кое-кого вынужден был уволить за нарушения... Но это, вишь ли, частности, а в целом, работаем, и неплохо, выполняем план... — все больше смелел Хлынов.

Дубравин слушал его молча, с непроницаемым лицом, но явно очень внимательно, и время от времени что-то помечал в своем блокноте.

В какой-то момент Хлынову показалось, что он говорит уже чересчур долго, он вдруг осекся, замолчал, выжидательно глядя на Дубравина.

— Ну что ж, я понял... Знаете ли, милейший, теперь многое стало ясно. Вот! — Дубравин взял со стола пачку каких-то бумаг и потряс ею в воздухе. — Знаете, что это?

— Нет, откуда?

— Это жалобы ваших сотрудников.

— Ну, ясно, кляузы. Говорил же, Свиридов их распустил, а я теперь, выходит, плохой... Обычное дело!

— Да если бы! При Свиридове вся структура работала эффективно, практически без сбоев, как превосходные швейцарские часы, потому что люди работали в охотку и, между прочим, кляуз, как вы тут выразились, практически не было. И здесь, у нас, Федор Федорович за полгода все так отладил, будьте-нате.

Хлынов побагровел, но смолчал. А что тут скажешь?

— Хорошо, давайте разбираться. Вот вы прямо скажем вынудили Ольгу Божок подать заявление об уходе, вы явно этого и добивались, а когда она ушла, вы начали грязными и даже, я бы сказал, подлыми методами препятствовать приему ее на новое место работы. Ну, допустим, у вас с ней несовместимость, что ж, бывает.

Хлынов попытался что-то возразить, однако Дубравин ему не позволил.

— А вот такая же история с Евгением Скляром и Виталием Гуреевым. Вы хоть соображаете, что это подсудное дело?

— Подсудное? — побелел Хлынов.

— Да, именно, поступая таким образом вы нарушаете все правила КЗОТа, да оно бы еще полбеды. Вы иезуитски лишили людей работы и тем самым средств к существованию. Я все думал, зачем вам это надо, поговорил со Свиридовым, и он догадался: вы хотите, чтобы эти люди вернулись, но уже сломленными, зависимыми и почитающими вас за отца-благодетеля. Так, что ли? Но этому не бывать! Вы умудрились за полгода развалить то, что Свиридов налаживал годами. Вы и о нем тоже наговорили гадостей… Но все же одну роковую ошибку Федор Федорович допустил, предложив на свое место вашу кандидатуру. Вы не оправдали доверия, господин Хлынов. Все, можете быть свободны!

— Это… Это в каком смысле? — пролепетал уничтоженный Хлынов.

— А во всех! Вы освобождаетесь от должности, ну и сейчас тоже можете идти. Ваше право жаловаться в вышестоящие инстанции, но вряд ли это вам поможет. Вы зарекомендовали себя — хуже некуда. Всех благ.

— Юра, слышишь меня?

— Да, Федя, слышу!

— Юра, имей в виду, не сегодня-завтра придет приказ о снятии Хлынова с должности.

— Да ты что! Слава богу! Твоих рук дело?

— Не только, но со мной советовались.

— А кого на его место?

— Тебя, больше некого.

— Я не потяну, Федя!

— Потянешь, Юра, потянешь, как миленький! Я в тебя верю, только верни людей, кого сможешь.

И Федор Федорович принялся наставлять старого друга, как и что ему следует сделать перво-наперво.

— Федь, а Хлынова куда?

— А Хлынова к туркам, пусть вкалывает там, он, я надеюсь, войдет в ум, ведь в принципе он работать может, ему только нельзя людьми руководить в одиночку.

— Понял. Федь, скажи, а как там Елизавета Марковна?

— Ох, Юрка, такая клевая тетка... Мы с ней подружились...

Произнеся эту фразу, Федор Федорович вспомнил, что давненько уже не звонил Елизавете Марковне. Но времени катастрофически ни на что не хватало.

Глава тринадцатая

— Ирка, ты чего какая-то смурная? — тихонько спросила подруга Лиля. — В мужиках запуталась?

— Ой, брось, до мужиков ли тут...

— А что случилось?

— Да ну... Я поговорила с Сашкой, рассказала про Испанию, про Виктора, про перспективы... Думала, парень обрадуется, а он...

— Не обрадовался? — всплеснула руками Лиля. — Как такое возможно?

— Сама удивляюсь. Представь себе, он заявил мне, что я могу ехать куда и с кем хочу, а он останется с бабушкой в Петербурге и ему совершенно не нужен отец-предатель.

— Ничего себе! И что теперь?

— Откуда я знаю... Я в полной растерянности...

— Знаешь, я попробую дать тебе совет... Похожая история была у одного моего родственника, только там был не отец-предатель, а мать-кукушка...

— И что? — живо заинтересовалась Ираида.

— Мать-кукушка захотела вернуться, а сынишка не желал... Тогда отец с сыном на каникулы поехали в Рим и там, как бы случайно, встретили мамашку...

— И что?

— Все получилось! Парень увидел раскаявшуюся рыдающую мамашу, его сердце дрогнуло, он простил ее и семья была восстановлена. Мой тебе совет — затаись пока, оставь эту тему, мол, не хочешь, не надо, а на весенние каникулы увези Сашку куда-нибудь, но лучше здесь, в России. Он ничего не заподозрит по крайней мере...

— А куда? — растерялась вдруг Ираида.

— Да хоть в Москву, совсем уж никаких подозрений.

— Да, может, ты и права, — задумчиво проговорила Ираида.

— А как твой москвич? Звонит?

— Нет. Как отрезало. Да может оно и лучше... Знаешь, Лилька, мне твоя идея нравится, только кто ж меня в каникулы отпустит? Утренники же...

— А ты отправь в Москву Сашку с Августой Филипповной вдвоем. Ведь твоя мама, кажется вполне приемлет Виктора. Но ты там всей правды не говори. Так и тебе будет лучше и спокойнее, и соблазну меньше. Это уж точно!

— Ох, Лиль, мне еще никогда ни один мужик так не нравился! Я как вспомню, что у нас с ним было...

— А ты попробуй позвонить ему, мало ли...

— Не могу. Мне кажется, он меня должен презирать. Я вела себя с ним просто безобразно. Сама не понимаю, как я так могла... Но он такой... Я так его хотела...

— И ведь не разочаровалась?

— Да что ты! Но я его обидела, крепко обидела.

— Ну, значит, он дурак, если обижается, а хуже нет с дураком дело иметь. Страсть пройдет, а дурак останется.

Ираида рассмеялась. Может, и в самом деле дурак?

...Апельсиныч был счастлив. Никакие тетки не появлялись в их с хозяином квартире. И противная девчонка Шурка тоже не приходила, только изредка по выходным, когда хозяин возвращался домой, от него пахло этой кривлякой. Но это не страшно, можно пережить. Зато они два раза ездили за город, к другу хозяина Илье, где все просто обожали Апельсиныча, ласкали, угощали вкусненьким и позволяли сколько угодно гулять по огромному участку. Правда, на соседнем участке жил громадный черный кот, который, почуяв приближение Апельсиныча, взбирался на высоченный забор, где его было не достать, — это он нарочно дразнил Апельсиныча, а тот истошно лаял, носился взад-вперед вдоль забора, а наглый котище, казалось, только ухмылялся в свои усы. Потом приходил Илья, хватал Апельсиныча за ошейник и вел в дом, где матушка Ильи успокаивала разнервничавшегося пса, гладила, что-то ласково приговаривала и совала ему хорошо подсушенные сушки с ванильным привкусом, которые Апельсиныч обожал, а потом он располагался неподалеку от камина и устало дремал, а хозяин с Ильей вели неспешные беседы. Какое это было блаженство!!! А потом они садились в машину и ехали домой. Хорошо! Но всегда оставалось смутное сожаление, что опять не удалось добраться до поганого черного кота, уж он бы ему показал! Но ничего, еще не вечер!

Каждая встреча с дочерью приносила одни только огорчения. Сюсюрики уверенно брали верх! И чем дальше, тем яснее Федор Федорович понимал, что забрать Шурку не получится, никто ему ее не отдаст, любой суд сочтет, что отец не сможет создать ребенку необходимые условия. Да он уже и не был убежден, что хочет этого…

И надо ему наконец подыскивать собственную квартиру. Илья порекомендовал ему риелтора, очень дельного мужчину лет сорока, который рьяно взялся за выполнение поставленной задачи, хотя условия, выдвинутые Федором Федоровичем, были довольно сложными. Он хотел, чтобы квартира была где-то в этом же районе, чтобы можно было ходить на работу пешком, и чтобы Апельсиныч мог гулять в привычном месте. Федор Федорович уже души не чаял в этой собаке. Подолгу говорил с ней, и казалось, Апельсиныч все понимает и сочувствует хозяину.

Однажды Федору Федоровичу приснился сон. Как минимум странный. Они с Ильей идут ночью по незнакомому городу, кругом все красиво освещено, они о чем-то мирно беседуют, и вдруг Илья говорит:

— Смотри, Федя, проститутки! Замерзли, бедные, может, снимем, согреем? А?

— Можно, — отвечает Федор Федорович.

Они подходят к девушкам, и вдруг Федор Федорович видит, что одна из них — Ираида. Но она его не узнает и говорит эдак нагло: «Что, мальчики, горяченького захотелось? Так это мы мигом!»

Федор Федорович проснулся в холодном поту. Что этот сон значит? Его вдруг охватила тоска, он вспомнил сумасшедшие ласки Ираиды, ее горячечный шепот, восторженные стоны. Но тут же вспомнилось и то, как она говорила ему, что с наслаждением будет встречаться с ним тайно, а жить будет с другим... И чем не проститутка? Обидно, конечно, однако, если согласиться с таким ее условием, то что ж, почему бы и не воспользоваться им? Цинизм в таких делах не был ему присущ, но ведь она сама...

Он проглядел свой рабочий график, решил, что вполне может на сутки махнуть в Питер, снять номер в хорошем отеле, оттрахать ее как следует, и пусть гуляет... Эта мысль ему понравилась, вот только как лучше все это устроить — позвонить ей заранее или уже из Питера? Нет, надо заранее, вернее будет. И, вернувшись с вечерней прогулки с Апельсинычем, Федор Федорович позвонил ей на мобильный. Телефон был выключен. Скорее всего, у нее спектакль. Звонить на домашний не хотелось. Ничего, включит мобильник и увидит, что я звонил, может и перезвонить... В самом деле она через час перезвонила.

— Алло, Феденька! Я думала, ты уже никогда не позвонишь! Я так рада... так рада... Ты в Питере?

— Нет, пока в Москве, но в субботу буду в Питере на сутки. Может, повидаемся?

— Да, да, конечно, обязательно! Я так хочу тебя видеть!

— А в котором часу тебе удобно?

— У меня в субботу только вечерний спектакль, а репетиции нет. Тогда, может, встретимся часов в двенадцать, в час? Ты как?

— Хорошо, тогда приходи в гостиницу «Гельвеция» в двенадцать. Буду ждать тебя внизу. Годится?

— Конечно, годится, Феденька! Я так по тебе тосковала!

Ну вот зачем эти нежности, эти пустые слова? Сама же все расставила по своим местам. А я принял ее условия, чего ж теперь? Какие они глупые и неискренние, эти бабы!

Ираида ликовала! Он позвонил! Он приедет! Значит, умный, не обиделся! И хочет меня видеть, вряд ли в субботу у него какие-то дела в Питере... Хочет меня видеть или просто хочет меня? Что ж, пусть даже так, я ведь тоже его хочу, хочу смертельно, как никогда и никого! И ему, видно, тоже невтерпеж, вон не обедать приглашает, а в гостиницу, считай, сразу в койку, размышляла Ираида сидя в троллейбусе по дороге домой, наверное, это как-то уж чересчур откровенно, хотя я сама открытым текстом предложила ему такие отношения. Идиотка, разве можно такое говорить мужчине? Ну да ладно, там видно будет, мало ли как еще все обернется...

— Ирка, что случилось? — спросила с ходу Августа Филипповна. — Ты такая взбудораженная...

— Да нет, мамочка, просто устала страшно, спектакль был тяжелый, Вася Ельницкий все время фальшивил, у него жена рожает, он от волнения места себе не находит... А как Сашка?

— Спит, умаялся. Ужинать будешь?

— Нет, спасибо, пойду в душ и сразу спать.

— Погоди, звонил Виктор...

Ираида вздрогнула:

— Что сказал?

— Что на днях будет в Питере и во что бы то ни стало хочет видеть сына. На мой взгляд вполне законное и нормальное желание. Хотел поговорить с Сашкой, но тот был на английском.

— А он не сказал, когда именно приедет?

— Нет.

— Жаль.

— Опять хочешь Сашку куда-нибудь сплавить? Не вздумай! Это чудовищно глупо и даже подло, если хочешь знать! Пусть мальчик встретится с отцом, может, не будет столь категоричным.

— Да, вероятно, ты права, — рассеянно отвечала Ираида. Она думала о том, что Виктор останавливался в прошлый раз именно в гостинице «Гельвеция», а теперь вот и Федя там остановится. Ну да ладно, неизвестно ведь, когда именно приедет Виктор. Чего умирать раньше смерти...

Федор Федорович решил поехать в Петербург «Красной стрелой». Погулял с Апельсинычем, хотя Татьяна Андреевна осталась у них ночевать. Но Апельсиныч уже не волновался. Он привык, что хозяин иногда уезжает по делам, а когда возвращается, ничем подозрительным от него не пахнет. Пес перестал бояться, что его бросят, хозяин его по-настоящему любит, заботится о нем, балует, подолгу с ним разговаривает.

Соседом по купе оказался пожилой профессор МИФИ, с которым они были шапочно знакомы. Выпили чаю, у профессора был с собой коньяк, выпили и его, и легли спать.

Утром, когда до Питера оставалось еще минут сорок, профессор вдруг сказал с лукавым прищуром:

— А ведь вы, батенька, к даме едете? Я не прав?

— С чего вы взяли? — улыбнулся Федор Федорович.

— Сразу видно! Вон как физиономию выскоблили с утра пораньше, а ведь нынче суббота, выходной. Что ж, дело молодое, да и вы без кольца, как я погляжу, и вообще бравый мужик... Она хорошенькая?

— Скорее интересная.

— Правильно, хорошенькие часто бывают очень глупы, а глупые женщины, доложу я вам, это скучно. Ваша не глупа?

— А бог ее знает, — пожал плечами Федор Федорович.

— А, еще не разобрались, не до того было, да?

— Ну, в общем...

— Разберитесь, батенька, разберитесь, а то дура иной раз просто по глупости так подставить может...

— А умная со злости или от обиды еще хуже напакостить может.

— Тоже верно, друг мой! Не слушайте советов старика, в наше время все было иначе. Женщины тогда не падали в обморок, а главное, не впадали в истерику и праведный гнев, если мужчина ненароком коснется ее или даже похлопает по попке. А теперь на них и глядеть-то опасно. Говорят, теперь чуть ли не каждый третий импотент, а с этим феминизмом и толерантностью, будь она неладна, скоро вообще все импотентами станут. Вы уж будьте осторожны, голубчик. На вашей должности следует быть, а главное, слыть аскетом. Вы правы, что завели дамочку в Питере, но все же попытайтесь ее не злить, а то мало ли…

На перроне Московского вокзала они простились с профессором, который изрядно утомил Федора Федоровича своими советами. Погода была неплохая, и Федор Федорович решил пойти пешком по Невскому. Было еще совсем темно, но Невский сиял огнями. Идти было легко и приятно. Гостиницу ему забронировали на работе, сказали, что отличная. Он дошел до улицы Марата, свернул налево и вскоре уже входил в прелестный дворик. Швейцар проводил его до дверей. Милая девушка-администратор выдала ему ключ и сообщила, что он может позавтракать, но для этого надо опять выйти во дворик, и там справа стеклянная дверь. Ему это понравилось. Он позавтракал с отменным аппетитом, все было очень вкусно. А номер оказался просто роскошным, с огромной кроватью. Хорошо! И Федор Федорович отправил Ираиде эсэмэску: «Я приехал. Жду».

Ираиде было страшновато. Как они встретятся, как он поведет себя на этот раз? И как ей теперь вести себя с ним? Она доехала на метро до станции «Маяковская», оттуда до «Гельвеции» рукой подать.

Она заметила его еще издали, он прохаживался взад-вперед по улице. Слава богу, обрадовалась Ираида, и сердце забилось с бешеной скоростью. Она даже замедлила шаг и вдруг увидела, как из подъехавшего к отелю такси вылез... Виктор с небольшим чемоданом и вошел в ворота. Так! Что же делать? Она внутренне заметалась: может, сбежать, позвонить Федору, умолить Лильку пустить их к себе часика на два? Да, только этого не хватало... Но тут Федор Федорович ее заметил, помахал рукой и двинулся ей навстречу.

— Ну привет! Что с тобой? Ты такая бледная... Тебе нездоровится? — заботливо спрашивал он.

— Нет-нет, все в порядке... Только я не смогу сейчас пойти к тебе, — лепетала она.

— Почему?

— Там... там в гостинице... Виктор.

— Кто такой Виктор? — нахмурился Федор Федорович.

— Муж... мой муж, он только что подъехал.

— И что? Насколько я понимаю, муж-то бывший?

— Я не хочу, чтобы он видел меня здесь.

— Ну что ж... Это можно понять. Ступай с богом, я тебя не держу, — сухо проговорил Федор Федорович.

— Да? Спасибо тебе, я пойду, — пролепетала она. И пошла прочь. Он смотрел ей вслед. Вот тебе и рандеву... Она шла медленно, спотыкаясь, казалось, едва волоча ноги и как-то сгорбившись. Ему стало ее нестерпимо жалко. Он буквально в три прыжка нагнал ее и схватил за плечи.

— Постой! Так нельзя, надо поговорить...

— О чем, Федя? — вскинула она совершенно несчастные глаза.

— О тебе, о нас.

Ее лицо вдруг осветилось изнутри, она просияла.

— Да? Спасибо, спасибо тебе!

— Пошли!

И он буквально поволок ее на Невский и завел в первое попавшееся кафе. К ним тут же подскочил молоденький официант.

— Два эспрессо и даме какой-нибудь десерт.

— Штрудель с вишнями подойдет?

— Подойдет, подойдет.

Официант ушел.

— Рассказывай! — потребовал Федор Федорович.

— Что? Что рассказывать? — всхлипнула Ираида.

— Все! Все, что наболело.

Она подняла на него огромные, показавшиеся ему сейчас бездонными глаза, полные слез.

— Тебе это надо?

— Это тебе надо! Выговориться надо. Давай-давай!

— Ах, если бы ты знал... Я с ума схожу, совсем запуталась. Я жила себе, работала, привыкла одна... И вдруг на меня сразу все обрушилось... почти одновременно... Я познакомилась с тобой и влюбилась, практически с первого взгляда... А тут вдруг Виктор нарисовался, все-таки родной отец и такие перспективы... А Сашка даже слышать о нем не желает, заявил «ты можешь ехать, а я останусь с бабушкой». А Виктор требует свидания с сыном. И как я могу ему отказать? Я так обрадовалась, когда ты позвонил, летела к тебе, как на крыльях, увидела, что ты меня встречаешь, обрадовалась не знаю как, а тут Виктор... Федя, милый, прости ты меня... Я уже ничего не соображаю... мне плохо, я не знаю, как быть...

Слезы капали в тарелку с вишневым штруделем.

— Так, понятно... А теперь послушай меня! Ты что, любишь этого своего Виктора?

— Нет, видит бог, не люблю.

— И сын твой не питает к отцу нежных чувств?

— Как выяснилось, нет.

— Но тебя привлекает идея жить в Барселоне с видом на море?

— Нет. Уже нет. Мне на мгновение показалось, но Сашка... Он ни за что... И потом, что это была бы за жизнь, если я больше не люблю Виктора? Да. Да, Федя, спасибо тебе, ты вразумил меня!

— Я не успел еще и слова сказать...

— Успел, достаточно было одной фразы. Хуже нет каторги жить с нелюбимым, хуже нет... Я люблю тебя, Федя, и прости ты меня бога ради за то, что я наболтала тебе в Москве, даже вспомнить стыдно, вела себя как последняя шлюха... А ты умный, благородный, понял, простил, приехал, а я тебя... продинамила... — И она залилась слезами.

Федор Федорович умилился.

— Ирочка, деточка, не плачь, знаешь что...

— Попроси счет! — вдруг потребовала она.

— Ты спешишь?

— Да, я спешу, идем скорее! — лихорадочно бормотала она.

— Куда, чудачка?

— К тебе в гостиницу! И плевать я хотела на Виктора! Не буду я с ним, не желаю! Я только тебя люблю, да, Федя, я люблю тебя, только ты не подумай, что мне от тебя что-то нужно, кроме тебя самого! Я каждую ночь буквально по минутам вспоминала наше свидание... Каждое твое слово, каждый жест, твои руки... Федя, умоляю, не отталкивай меня, я не переживу...

Он смотрел на нее даже с некоторым испугом. Неужели это все правда? И она безумно ему нравилась и, несмотря ни на что, он почему-то ей верил, каждому слову верил...

Совсем я ополоумела, первая объясняюсь мужику в любви... Где моя гордость? Да черт с ней, с гордостью, я люблю его. Он добрый, великодушный... — думала Ираида, стоя под душем в роскошном номере «Гельвеции». А как с ним хорошо, это же уму непостижимо. И ощущение какой-то надежности, покоя, когда он рядом.

Она надела белый гостиничный халат и вернулась в спальню. Федор Федорович лежал, закинув руки за голову, и с улыбкой смотрел на нее. Она показалась ему сейчас поистине восхитительной. Огромные глаза сияли, губы чуть припухли, невозможно было даже вообразить, насколько жалкой она была каких-нибудь два часа назад. Бедолажка! Наверное, надо на ней жениться и дело с концом. Перевезти ее с сыном в Москву... Хотя нет, нельзя же так, с бухтыбарахты, жениться. Это бред. Надо сперва познакомиться с ее сынишкой и, разумеется, с потенциальной тещей, хватит с меня сюсюриков.

— Послушай, Ира, а познакомь меня с твоим сыном.

— Господи, зачем? — испугалась она.

— Надо!

— Федя, я не понимаю...

— А ты что, намерена держать меня на ролях дежурного трахальщика, мягко выражаясь?

Она вспыхнула.

— Как ты можешь? Я же...

— А мне очень важно познакомиться с твоей семьей. У меня никого из родни нету, есть только двое друзей, один в Москве, а один в Сургуте, ну а с Апельсинычем ты уже знакома. Я бы рад, но никого...

— А как же твоя дочка?

— К великому сожалению, с дочкой уже все ясно. Она любое знакомство воспримет в штыки. Одна надежда, что с возрастом поумнеет, — в его голосе сквозила искренняя горечь.

— Я поняла. Хорошо, я вас познакомлю. Скоро весенние каникулы, я привезу Сашку в Москву, тогда и познакомитесь.

— У тебя есть где остановиться? А то можно у меня.

— Нет, ни к чему это, у меня же родная тетка, папина сестра, в Москве.

— Ах да… Скажи, а твой сын любит собак?

— Господи, конечно, он давно мечтает о собаке, но в нашей ситуации это невозможно, он ведь хочет большую собаку, говорит, маленькие ручные собачки это недокошки.

— Недокошки? — рассмеялся Федор Федорович. — Здорово. А знаешь что, пойдем куда-нибудь обедать или закажем в номер? Я страшно проголодался!

— Лучше в номер, мне ведь скоро надо в театр.

— Ах да, я и забыл. Тогда время дорого!

Проводив Ираиду до такси, он глубоко задумался. Что же дальше?

Ираида примчалась в театр за пятнадцать минут до первого звонка и даже не вспомнила, что надо хоть на минутку включить телефон, и включила его только после спектакля. И обнаружила четыре звонка от матери. Она испугалась и тут же ей перезвонила.

— Мамочка, что случилось? Сашка в порядке?

— Ирка, у нас Виктор!

— Как?

Августа Филипповна перешла на шепот:

— Заявился без звонка, потребовал Сашку, сейчас сидит у него в комнате. Разговаривают. Ты когда домой собираешься?

— Да сейчас выезжаю. А как там у них, мама?

— Не знаю, они там заперлись, уже больше часа прошло... Давай, бери такси, не до экономии сейчас.

Ираида в самом деле взяла такси. Господи, что же теперь будет? Как еще совсем недавно я хотела воссоединения семьи, а сейчас... То, что Федя пожелал познакомиться с моей семьей... Это же наверное неспроста... Неужели хочет жениться? Вполне вероятно... А я этого хочу? Спросила она себя. Да больше всего на свете!!! Я же его люблю... его невозможно не любить. Он такой сильный, такой надежный и такой нежный. Но если сейчас Сашка скажет, что простил отца, что согласен ехать в Испанию? Ну и выбор мне предстоит! Хотя тогда у меня просто не будет никакого выбора. Тупик! Я попала в тупик, из которого нет выхода... Хоть плачь! Не могу же я сказать Сашке, что передумала возвращаться к его папаше. И в таком случае он ни за что не примет Федю. А я без него не смогу... Что же делать?

Она взбежала по лестнице на третий этаж, перед дверью перевела дух и вставила ключ в замочную скважину. Руки у нее дрожали. Августа Филипповна ждала ее с встревоженным выражением лица.

— Ну наконец-то!

— Он еще тут?

— Тут.

— Господи, твоя святая воля! Я пойду к ним.

— Хоть пальто сними, оглашенная!

— Ох, я и забыла!

— Да что с тобой? У тебя такой странный вид...

— Ах, мама...

Ира глянула в зеркало. Вид как вид, ни следа от дневного сияния. Она скинула пальто, сняла сапожки, сунула ноги в тапки. Набрала в грудь воздуха и постучалась к сыну. Ей сразу открыли. Виктор. Сашка сидел у письменного стола с планшетом и просматривал какие-то фотографии.

— А вот и мама! — делано бодрым голосом возвестил Виктор. — Здравствуй, Ирочка! Чудесно выглядишь. А я вот тут демонстрирую нашему сыну места, где он будет жить.

И он поцеловал Ираиду в щечку. Сашка поднял глаза от планшета и, как показалось Ираиде, весьма скептически взглянул на отца.

— Ну, что скажешь, сынок? — спросил Виктор.

— Да, красиво…

— Не только красиво, но и климат там не чета питерскому, столько солнца, да и вообще… И маме там будет куда лучше. Большая просторная квартира…

— Которую мама будет убирать, — довольно ехидно заметил Сашка.

Ира взглянула на него с благодарностью.

— А вот и нет! Квартиру убирает Хуанита, приходит дважды в неделю, — словно бы заискивая перед мальчиком произнес Виктор. — Ну вот что, друзья мои, сейчас уже поздно, все устали, Сашке давно пора спать… Давайте-ка завтра пообедаем где-нибудь всей семьей, вчетвером, и поговорим. Ты как, Ирочка?

— Пообедаем, — кивнула она. — Отчего ж не пообедать?

Августа Филипповна удивленно взглянула на дочь, что это с ней, какая-то она странная, сама же жаждала уехать в Испанию, рыдала, мол, Сашка не хочет ехать, а сейчас этот тон…

Виктор ничего не заметил, поцеловал руку Ираиде и Августе Филипповне, чмокнул в макушку сына и ушел. Ушел обнадеженный.

— Сашок, ложись скорее, поздно уже. Быстренько в душ и спать.

— Хорошо, бабуля, — пробормотал Сашка и скрылся в ванной.

— Ира, надо поговорить! — не терпящим возражения тоном произнесла Августа Филипповна.

— Да, мама, надо... Очень надо! Только пусть Сашка сначала ляжет.

— Ты права. Ужинать будешь?

— Не хочется.

— Ирка, у тебя что-то случилось?

— Потом, мама, потом!

Августа Филипповна испугалась. Но не стала приставать с расспросами. Наконец Сашка улегся. Бабушка заставила его еще выпить молока с медом, чувствовала, мальчик вряд ли быстро уснет, поцеловала на ночь, погасила свет и ушла на кухню.

— Ну, Ирка, что стряслось?

— Мама...

— У тебя завелся кто-то другой?

— С чего ты взяла, мамочка?

— Можно подумать, я тебя не знаю! Я сразу поняла — сегодня ты испугалась, что Сашка согласится уехать... Кто он? Говори сейчас же! Надеюсь, не Карякин?

— Да какой там Карякин! — в раздражении воскликнула Ираида. — Мама, мамочка... он такой... Я люблю его, я с ума схожу... И он хочет познакомиться с моей семьей...

— Да кто он такой? Откуда взялся? Он из вашего театра?

— Нет, он к театру никакого отношения не имеет. Он вообще из Москвы, он... доктор технических наук... занимает какой-то большой пост... Вроде бы он имеет дело со строительством газопроводов.

— Господи помилуй, где ты его взяла?

— В Москве. Мы совершенно случайно познакомились... И между нами... вспыхнуло...

— Он женат?

— В разводе.

— А дети у него есть?

— Есть. Дочка, на год младше Сашки, кстати, тоже Александра... Но там сложные отношения...

— Это к нему ты с утра пораньше умчалась?

— К нему, мамочка, к нему.

— А как его зовут?

— Федор Федорович. Свиридов.

— Ну, если он доктор наук, значит не молодой...

— Сорок шесть.

— Ирка, староват он для тебя... — поморщилась Августа Филипповна.

— Да что ты, мамочка, он лучше всех молодых...

— Он сделал тебе предложение?

— Предложение? Нет, предложения не делал, но сказал, что ему важно познакомиться с моей семьей...

— Ну, это, конечно, хороший признак, но... И что, если он все же сделает предложение, ты согласишься перебраться в Москву?

— Соглашусь, мама, соглашусь... За ним я готова хоть на край света!

— Поразительно... И давно ты его знаешь?

— Не очень, но какое это имеет значение?

— А у тебя есть его фотография?

— Есть!

Ира достала телефон и показала матери фотографию Федора Федоровича.

— Ирка, он даже довольно интересный, но совершенно тебе не подходит! — вынесла вердикт Августа Филипповна.

— Не подходит? Почему?

— Потому что ты такая... утонченная, что ли, а он... мужлан! Типичный мужлан! С Виктором вы куда более гармоничная пара.

— А я не хочу такой гармонии! Я хочу быть с мужланом!

— Понимаю. Это страсть. Но страсть быстро проходит, поверь мне. И мой тебе совет, если уж тебя так припекло... Соглашайся на предложение Виктора, а до конца учебного года постарайся удовлетворить эту страсть. И волки будут сыты, и овцы целы.

Ираида с изумлением взглянула на мать. Такие речи были несвойственны Августе Филипповне.

— Сашке нужен родной отец! И хватит разговоров, пора спать, завтра у тебя утренник.

Августа Филипповна решила выпить таблетку снотворного, чувствуя, что молоко с медом сегодня вряд ли подействует.

Ираида категорически отказалась и от молока, и от снотворного. Ей хотелось остаться одной и по минутам вспоминать сегодняшнюю встречу. Но она так устала, что вскоре уснула каменным сном.

Федор Федорович возвращался в Москву утренним «Сапсаном». Хотел сегодня еще поработать с кое-какими документами, но не был уверен, что это получится. Он был в смятении. Я сказал ей, что хочу познакомиться с ее семьей... А хочу ли я этого на самом деле? Он прислушался к себе. Да, пожалуй, хочу. Да, безусловно. Мне кажется, моя жизнь, наконец, обретет смысл. И уют. Я видел, как вела себя Ира во время обеда в номере. Как расставляла тарелки и блюда на столе. В этом было что-то бесконечно женственное и уютное. Уже так хочется уюта... А я живу категорически неуютно. Да и в прежней семье этого тоже не было. Я лучше всего чувствую себя в квартире Елизаветы Марковны. Этот староинтеллигентский уют так ложится на душу... У моей приемной матери было так же уютно, а с тех пор... И мне кажется, у

Иры это есть, по каким-то неуловимым признакам кажется... А уж в постели ей вообще нет равных... После такой бешеной страсти так уютно будет засыпать с ней. Черт, а может все дело именно в страсти? А все остальное я просто придумал? Сам черт ногу сломит. Ладно, поживем-увидим. Интересно, а как отнесся бы к таким переменам мой Апельсиныч? Сердце Федора Федоровича наполнилось нежностью. Он безумно любил свою собаку.

Глава четырнадцатая

Едва хозяин открыл дверь, как Апельсиныч учуял запах той тетка, которая тут расхаживала по квартире в рубашке хозяина. Ему это не понравилось. Он ревновал. Значит, он бросил тут меня, а сам поехал к ней? Мне это совсем не нравится.

— Федор Федорович, вы приехали, я тогда пойду. Обед и ужин я сготовила, с собакой погуляла.

— Спасибо вам огромное, Татьяна Андреевна. Что бы мы с Апельсинычем без вас делали! Вот, я вам привез из Питера шоколад.

— Спасибо, Федор Федорович, вы меня балуете.

— Так и вы нас с Апельсинычем балуете, так вкусно кормите, — улыбнулся Федор Федорович.

А Татьяне Андреевне стало нестерпимо жаль этого здоровенного мужика. Такой хороший, добрый, да и интересный очень, а вот поди ж ты, совсем одинокий...

Апельсиныч немного пообижался для виду, но долго не выдержал и облизал хозяину лицо.

— Ах ты мой милый, ты скучал? А почему ты не обижался, когда я на два дня летал в Сургут? А тут и суток не прошло? В чем дело? Хотелось бы понять, брат! Ну да что с тобой делать, не умеешь ты разговаривать... Только знай на будущее — я тебя очень-очень-очень люблю и ты мой самый лучший друг!

И хозяин поцеловал Апельсиныча в нос. Тот как будто бы все понял и радостно взвизгнул, покрутился на месте и улегся у ног хозяина. Мир был восстановлен.

Когда после воскресного утренника Ираида вернулась домой, там был только Сашка. Августа Филлиповна ушла на рынок.

— Мам, надо поговорить! — заявил Сашка.

У Ираиды замерло сердце.

— Давай, Сашок, поговорим.

— Мам, ты сядь, разговор серьезный.

Ираида послушно опустилась в кресло. Кивнула.

— Слушаю тебя, Сашок!

— Мама, скажи честно, у тебя что-то изменилось в жизни?

— Ты о чем?

— Скажи, ты ведь уже не хочешь ехать с ним в Испанию, да?

— С чего ты взял?

— Чувствую. Ты скажи честно!

— Если честно... Да, не хочу. А ты хочешь?

— Не хочу, я с самого начала не хотел. Но ты ведь хотела. А теперь... Что-то случилось? Мне важно понять.

Господи, да он совсем взрослый уже... Но как ему сказать?

— Мама, ты его любишь?

— Кого? — испугалась Ираида.

— Ну этого... который зовет в Испанию?

— А почему ты так говоришь?

— Потому что не хочу называть его папой, он мне не нравится. Так ты его любишь?

— Нет, Сашка, не люблю. Больше не люблю.

Сашка расцвел.

— Значит, мы никуда с ним не поедем?

— Не поедем, сын, не поедем!

— Мама, скажи честно, у тебя есть кто-то другой?

— Да, Сашок, есть. И он очень хочет с тобой познакомиться.

— Зачем?

— Не знаю, он так сказал — хочу познакомиться с твоим сыном.

— Ты выйдешь за него замуж?

— Нет, я пока не собираюсь. Но познакомить вас хочу.

— А если он мне не понравится?

— Мне кажется, этого не может быть. Но если вдруг... Что ж, бывает.

— Ты все равно за него выйдешь замуж?

— Нет. Не выйду. Для меня важнее моего сына никого нет.

— И ты его бросишь?

— Вот этого я обещать не могу. Но тебя это никак не коснется. Обещаю!

— А если он мне понравится?

— Сашка, мы с тобой на весенние каникулы съездим в Москву, ты познакомишься с ним и с его собакой...

— С собакой? — встрепенулся мальчик. — А какая у него собака? Большая?

— Большая, размером с хорошую немецкую овчарку, или даже больше, невозможно красивая, желтая, пушистая, и кличка у нее смешная — Апельсиныч...

— Апельсиныч? — засмеялся Сашка. — Он добрый? Не кусается?

— Нет, добрейшей души пес.

— Породистый?

— Да нет, дворняга.

— Наверное, этот твой... хороший человек. Мне кажется, дворняжек заводят хорошие люди.

— Ох нет, не всегда. Но... этот мой... он и вправду хороший. Значит, ты согласен с ним познакомиться?

— Да. Согласен.

— Сашка, ты у меня самый лучший сын!

— Мам, еще один вопрос...

— Валяй!

— А нам обязательно сегодня идти обедать с этим... ну... который в Испании?

— Сашка, ну зачем ты так его называешь, он как-никак твой отец. Нехорошо!

— А у меня язык не поворачивается так его называть. Ну никак! Так мы пойдем обедать?

— Ну, мы обещали.

— А зачем, мама? По-моему, лучше сразу сказать, что никто с ним ни в какую Испанию не поедет, и дело с концом. Чего разводить какую-то канитель? А то он потом еще скажет, что мы развели его на деньги.

— Что? Развели на деньги? — захохотала Ираида. — Да нет, он так не скажет, конечно. Но ты прав, незачем нам с ним обедать. Лучше просто кашу сварим. Я сейчас ему позвоню, чего оттягивать... Но хочу сказать тебе: я горжусь своим сыном. На редкость умный и правильный пацан!

Сашка зарделся от удовольствия.

— Мам, тогда я сейчас пойду к Димке? Он звал...

— Пойди, Сашок, пойди.

Сашка убежал. Димка жил в том же подъезде. А Ираида собралась с духом и позвонила бывшему мужу.

— Витя!

— О, Ирочка!

— Витя, мы не станем сегодня с тобой обедать.

— Почему? Что-то случилось?

— Ну да... Чтобы не тянуть резину, сразу говорю: мы не поедем с тобой в Испанию.

— То есть как?

— А вот так. Сашка ни за что не хочет, так что сам понимаешь... Ты прости, что я как-то, видимо, обнадежила тебя, но Сашка категорически заявил, что не поедет.

— Но это же абсурд! Предпочесть жизнь в этом ужасном климате, в этой ужасной стране...

— Вот! — воскликнула Ираида. — Ты вчера Сашке говорил что-нибудь про ужасную страну?

— Не помню, может и говорил, но это все так глупо, чудовищно глупо...

— А Сашка у меня патриот, прежде всего Питера, да и вообще...

— Ира, подумай! Это все детский лепет на лужайке! Ты же губишь свою жизнь и жизнь сына тоже. Мало ли что говорит маленький мальчик...

— Но этот мальчик — мой единственный сын!

— Он и мой сын, между прочим.

— Именно что между прочим. Ты поздновато вспомнил о сыне, Витя.

— Я же уже объяснял... Впрочем, я, кажется, понял, где тут собака зарыта. Просто у тебя завелся мужик.

— А хоть бы и так! — начала уже терять терпение Ираида. — Короче говоря, мы никуда не едем!

— Ну что ж, дело хозяйское, но имей в виду, денег ты от меня не дождешься.

— А я и не жду! Обойдемся как-нибудь! Да, не зря Сашка даже слова «папа» произнести не в состоянии. Он у нас с тобой получился очень умным и чутким, куда умнее меня. Прощай!

И она в сердцах швырнула трубку. И как я могла даже думать о том, чтобы вернуться к нему? Совсем у меня мозги отшибло, что ли?

В этот момент в двери повернулся ключ, пришла Августа Филипповна.

— Ты уже дома? Скажи, в котором часу мы встречаемся с Виктором?

— А мы не встречаемся!

— То есть?

— Мы поговорили с Сашкой, он сказал, что папаша ему категорически не нравится и он ни за что не поедет с ним.

— Боже милостивый! Но как же... А, я поняла... тебя сбил с толку этот мужлан!

— Мамочка, меня можно сбить с толку, и это не так уж трудно, но Сашку фиг собьешь!

— Ира, что за выражение!

— А знаешь, что сказал мне твой обожаемый Витенька, когда я объявила ему о нашем решении?

— И что же?

— Что в таком случае денег я от него не дождусь!

— Фу, как некрасиво! Можно подумать, он все эти годы осыпал тебя деньгами. Отвратительно! Я разочарована. Значит, мы сегодня не идем обедать? Тогда я сейчас соображу что-нибудь на скорую руку. У тебя вечером есть спектакль?

— Есть. А еще он сказал, что это абсурд — предпочесть Испании этот ужасный климат и эту ужасную страну.

— Все, Ирка, мы о нем больше не говорим. Его просто нет в нашей жизни!

— Мамочка моя золотая! Я думала, ты станешь меня за него агитировать.

— Ирка, ты что, совсем сдурела от любви? Как я могла бы ратовать за то, что Сашку у меня отнимут? Я просто хотела воссоединения семьи, но в таком случае… Я счастлива! Все останется по-прежнему. И я надеюсь, месяца через два ты бросишь своего мужлана…

— Фигушки!

— Это от него ты набралась этих выражений?

— Нет, мамочка, это носится в воздухе, а мой мужлан выражается, я бы даже сказала, несколько старомодно…

И Ираида вдруг закружилась по комнате, насвистывая арию Папагено из «Волшебной флейты».

Федор Федорович был чудовищно занят. Возвращался домой чуть ли не за полночь, уходил ни свет ни заря. Изредка посылал эсэмэски Ираиде, да и то лишь когда отлучался в туалет. Дважды мотался в Германию по поводу газопровода «Северный поток-2», один раз летал в Сургут, словом, закрутился безбожно. Работал он и по выходным, дочку не видел уже больше полутора месяцев, да и Елизавету Марковну практически забросил, лишь передавал ей извинения через Татьяну Андреевну. Он похудел, осунулся. «Что я делаю со своей жизнью?» — изредка задавал он себе вопрос. Он потерял счет времени. Но в один прекрасный день он получил сообщение от Ираиды: «Феденька, любимый, ты не передумал знакомиться с моим сыном? Сможешь освободить хоть полдня? И я смертельно соскучилась!» Он сперва испугался, а потом сказал себе: Федя, ты раньше никогда так плохо не работал! Если все приходится делать самому, значит, ты никудышный руководитель! Но ты же всегда славился своими организаторскими способностями, что же случилось теперь? И он собрал свою команду.

— Вот что я вам скажу, друзья мои! Мы все в последнее время вламывали как рабы на галерах. Так долго продолжаться не может! Я тут покумекал, хотелось бы сказать, на досуге, но досуга у меня, как и у вас, не было. Но я кое-что придумал. Попробуем работать по новой схеме, куда более разумной и щадящей. Простите меня за эту бешеную гонку, хоть она вовсе не была бесплодной, отнюдь, но впредь мы будем работать по-другому. Вот, я тут распечатал новый порядок работы, ознакомьтесь и выскажите свое мнение. Только откровенно!

Все зашелестели листочками, которые он раздал.

— Федор Федорович, но это же совсем другой коленкор!

— Здорово! С такой схемой можно жить...

— Простите, друзья мои, я вас совсем загнал...

— Прощаем, потому что вы и себя загнали.

— Есть такой момент! — обрадовался Федор Федорович. — Но почему ж вы молчали? Боялись нешто?

— Нет! Вы не страшный! — засмеялась Аня Старшинова. — Но мне кажется, если руководитель впахивает наравне с рядовыми сотрудниками, а то и еще больше, значит, так надо. И ведь в самом деле было надо на каком-то этапе, а дальше уже по инерции...

— Спасибо, Анечка! Короче, в выходные все отдыхают! Отныне и впредь!

— Слава богу, а то моя жена говорит: Валька, ты ж не следователь, только следователи в кино так вкалывают.

Все рассмеялись.

— А сейчас все по домам! — скомандовал Федор Федорович.

— Спасибо, шеф!

Федор Федорович вздохнул с облегчением. Он умел создавать в коллективе хороший климат. Для этого пришлось уволить двух «паршивых овец», но дело того стоило.

И первым делом он позвонил Елизавете Марковне.

— Федор Федорович, голубчик вы мой! — обрадовалась она. — Как вы там? Танечка передает мне от вас приветы, но я ужасно хочу вас видеть!

— Я тоже соскучился! Что если я прямо сейчас заеду за вами и мы где-нибудь поужинаем в тихом месте?

— Да нет, голубчик, приезжайте лучше ко мне. У меня что-то нога побаливает. Я вас накормлю, и мы побеседуем.

— Я с удовольствием. А что с ногой?

— Старость! Ноет к перемене погоды.

— Может, надо по дороге что-то купить?

— Ничего не нужно, просто приезжайте!

Но он заехал в супермаркет, купил разных деликатесов, коробочку пирожных и букет белых голландских хризантем.

— Федор Федорович, голубчик, побойтесь бога, куда столько накупили? Я успела приготовить ужин...

— Ну, позовете кого-то еще, и тогда уж не придется готовить... — смущенно улыбнулся Федор Федорович.

— Ну что с вами делать... Но я ужасно рада вас видеть. Вы неважно выглядите, у вас усталый вид...

— А я и устал как собака. Но ничего... Оклемаюсь! А как вы-то живете-можете?

— Да живу, и кое-что еще даже могу. Вот третьего дня была в Консерватории... на Спивакове... Получила огромное удовольствие. А вы, голубчик, хоть раз были в Консерватории?

— Нет, со стыдом должен признаться, что нет, не бывал. Это в ваших глазах ужасный грех?

— Да, пожалуй, нет. Просто классическая музыка нынче не очень в чести. Ну да ладно, рассказывайте, что хорошего в вашей жизни, помимо работы?

— Помимо работы Апельсиныч! Это такой удивительный пес!

— Ну а... дамы? Я не поверю, что у такого интересного мужчины вовсе нет дамы сердца. Или хотя бы просто дамы, — тонко улыбнулась Елизавета Марковна.

— Да есть...

— Дама или дама сердца?

— Ох, черт его знает... Нет, пожалуй, все-таки дама сердца! — смущенно улыбнулся Федор Федорович.

— Приведите ее ко мне, я жажду с ней познакомиться. Кто она?

— Ну, начнем с того, что она живет в Питере. Разведена, у нее десятилетний сынишка...

— И чем она занимается?

— Она? Вы будете смеяться сейчас, после разговора про Консерваторию. Она флейтистка. Работает в Мариинском театре.

— Флейтистка в Мариинке? А ее случайно не Ираидой звать?

— Ираидой, да... Вы ее знаете?

— Очень хорошо знаю. Ее мать моя подруга. С ума сойти, как свет мал.

— Да уж, — озадаченно почесал в затылке Федор Федорович.

— Голубчик, у вас это серьезно?

— Ну вроде да... Но там есть еще бывший муж... Он возник, предложил ей уехать с ним в Испанию... Я так понял, что сперва она хотела, а сынишка ее ни за что... А потом и она расхотела...

— Из-за вас?

— Ох, да не знаю я... Может, и так. Скажите, Елизавета Марковна, а что за мама у Иры?

Елизавета Марковна расхохоталась. Он смотрел на нее с искренним недоумением.

— Поверьте, кукусики и сюсюрики вам там не грозят!

— Уже плюс! — тоже рассмеялся он.

— Ну, Августа немного снобка, но терпимо. А вы с Ирочкой красивая пара... Она такая хрупкая, а вы Илья Муромец, хоть в последнее время и осунулись...

— Но я намного старше... На целых десять лет...

— Десять лет? Это ерунда! Так вы с Августой не знакомы?

— Нет пока. И с сынишкой ее тоже, но Ира хочет привезти его на весенние каникулы в Москву, чтобы нас познакомить...

— А Августе они с собой не возьмут?

— Мне об этом ничего не известно.

— Федор Федорович, я позволю себе дать вам совет, если встретитесь с Августой, не говорите, что не были в Консерватории, ну, или побывайте там все-таки.

— Да надо, наверное...

— Вы не музыкальны, голубчик?

— Да не сказал бы... Слух у меня хороший... Я на баяне по слуху любую мелодию сыграю, хотя давненько не брал в руки инструмент. У меня баян старенький. Я когда-то мечтал купить аккордеон, но тогда он был мне не по карману, а потом в семье меня за этот баян презирали...

— Серость непроцарапанная с баяном? — рассмеялась Елизавета Марковна.

— Точно!

— Какие бездны в вас открываются, дорогой вы мой.

— Так уж и бездны, — засмущался Федор Федорович.

— Да что вы смущаетесь, чудак-человек? Скажите лучше, где вы с Ираидой познакомились?

Федор Федорович рассказал.

— Значит, Ирка не могла в вас не влюбиться!

— Почему это?

— Потому что вы ее спасли!

— Большое дело! Просто отодрал от нее полоумную бабу!

— А это немало — отодрать от нее полоумную бабу. Она же могла ее покалечить!

— Ну, это вряд ли.

— Не скромничайте, Федор Федорович! Вы такой, в вас трудно не влюбиться!

— Да бросьте, Елизавета Марковна! Я просто замотанный донельзя немолодой чиновник, удачливый в карьере, но не слишком удачливый в личной жизни. Вероятно, я сам в этом виноват. Я всегда был так погружен в работу, что в какой-то момент огляделся по сторонам...

— И что?

— То-то и оно, что ничего! Ни-че-го! Ну да ладно, не люблю ныть!

— А как же Ираида?

— Я не знаю...

— Чего вы не знаете?

— Смогу ли я сделать ее счастливой, ведь ей придется в корне поменять жизнь. Я не могу переехать в Питер, значит, ей придется перебраться ко мне, если, конечно, ее сын меня примет.

— И если вы примете тещу, — усмехнулась Елизавета Марковна. — У вас слишком горький опыт, да?

— Ну да, и это тоже... Словом, все непросто.

— Но вы сделали предложение?

— Формально еще нет, я сказал только, что хочу познакомиться с ее семьей.

— И ждете весенних каникул?

— Ну да. А что?

— А вы сможете, предположим, послезавтра выкроить день?

— Послезавтра? Это суббота. Скорее всего смогу, а что?

— А давайте мы с вами вдвоем поедем в Питер, и вы познакомитесь с Иркиной семьей, но как бы невзначай. Скажем им, что я решила сделать Августе сюрприз, а вы, мой добрый друг, взялись меня сопроводить. Как вам такая идея?

Федор Федорович был ошеломлен.

— А что, мне нравится ваша идея! — воскликнул он. — И, пожалуй, я смогу выкроить даже два дня. Я закажу гостиницу...

— Только себе! Я всегда останавливалась у Августы, а она у меня. Танечка ведь останется с Апельсинычем?

— Да, она всегда остается. У них с Апельсинычем любовь.

— О! У вас так блестят глаза... Поверьте, дорогой мой, я уж сумею развеять все сомнения Августы на ваш счет, ежели они вдруг возникнут.

— Вы это все всерьез? Вы в самом деле готовы махнуть со мной в Питер?

— О да! Знаете, Федор Федорович, вы вернули меня к жизни, я вдруг поняла, что хоть и... потеряла сына... но я еще жива, и жизнь даже может приносить какие-то радости. Я вот смотрю, вижу, что вы вняли моему совету касательно стиля одежды, и вам это так идет...

— Господи, Елизавета Марковна! — воскликнул растроганный Федор Федорович.

— Ну так что, едем?

— Да! Едем! Надо только уточнить, каким поездом лучше ехать, и я закажу билеты.

— Ну, скажем, часов в девять утра. Во сколько мы там будем?

— Около часу дня.

— Превосходно! Если у Ирки утренник, она уже будет дома. Ну и Августа тоже. Пока мы до них доберемся, и Сашка уже придет из школы.

— А вы что, хотите прямо нагрянуть к ним?

— Ну да!

— Со мной вместе? — испугался Федор Федорович.

— Вас что-то смущает?

— Еще как смущает! Нет, так не годится. Давайте поступим иначе…

Глава пятнадцатая

— Сашок, зови маму, будем обедать.

— Сейчас, ба! Мама, обедать!

— Иду!

Едва все сели за стол, раздался звонок в дверь. Ираида вздрогнула. Ей почему-то стало страшно. Неужели это опять приехал Виктор и уговоры начнутся сызнова? Она встала и пошла открывать.

— Кто там?

— Ирка, открывай, свои! — раздался знакомый голос.

— Матерь божья! Тетя Лиза! Какими судьбами? Мама, смотри, кто приехал!

Августа Филипповна выбежала в прихожую и бросилась в объятия подруги. Обе плакали. Они не виделись со дня похорон Павла.

— Лизочек, солнышко мое, какая же ты умница, что приехала! Я так соскучилась! Ты прекрасно выглядишь! Идем скорее, будем обедать... Надеюсь, ты у нас остановишься?

— Да, конечно, если не стесню. Ирочка, у тебя вечером есть спектакль?

— Да, тетя Лиза. А вы хотите пойти в театр?

— Да нет, не хочу. Хочу, как когда-то, сидеть с твоей матерью и сплетничать!

В этот момент у Ираиды звякнул телефон. Пришло сообщение. Она глянула на дисплей и вдруг залилась краской.

— Ира, что? — спросила Августа Филипповна.

— Ничего особенного, просто мне сейчас надо уйти, вернусь после спектакля.

— Да в чем дело?

— Потом, мама, все потом!

Она вскочила из-за стола и опрометью кинулась в свою комнату. Буквально через пять минут она, уже подкрашенная, нарядная, заглянула на кухню.

— Простите меня, это очень важно! — пробормотала она и умчалась.

— Суду все ясно! — хмыкнула Августа Филипповна.

— Наверное, приехал мамин хахаль из Москвы, — заявил вдруг Сашка.

— Кто? — поперхнулась Августа Филипповна.

— Ну тот, у которого желтая собака...

— Саша, ты откуда это знаешь?

— Бабуль, не трепыхайся, мне мама сама сказала.

— Что? Что она тебе сказала?

— Бабуль, — вмешалась в разговор Елизавета Марковна, — сказано же, не трепыхайся! Это только нормально, что у такой прелестной женщины есть хахаль! Вспомни себя в ее возрасте!

— Лиза! — одернула подругу Августа Филипповна. — При ребенке!

— Я уже не ребенок!

— Ах ты господи!

— Бабуля, как что-то интересное, так я ребенок, а как что-то скучное до ужаса, так я уже большой, сознательный. Несправедливо!

— Молодец, Саня! — поддержала мальчишку Елизавета Марковна.

— Ты поел? — строго спросила бабушка. — Тогда отправляйся гулять!

Сашка с удовольствием слинял.

— Знаешь, Лиза, он выходит уже из-под контроля. Вдруг категорически заявил, что не будет ходить в музыкальную школу, не хочет быть музыкантом. Я настаивала, а Ирка сказала: не хочет, не надо. Она ему во всем потакает. А теперь еще и хахаль какой-то нарисовался...

— Кто такой?

— Да говорит, какой-то крупный чиновник, занимается газопроводами, что ли. Старше нее на десять лет. Мужлан мужланом.

— А ты почем знаешь?

— Ирка фотографию показывала. Она влюблена как полоумная...

Елизавета Марковна усмехнулась про себя.

— А как его фамилия?

— Ой, я забыла... Какая-то музыкальная...

— Музыкальная?

— Ну да... однофамилец какого-то знаменитого композитора, я забыла...

— Но не Моцарт?

— Да нет, композитор отечественный, Прокофьев, что ли...

— Случайно не Свиридов? — не выдержала Елизавета Марковна.

— Точно! Свиридов!

— Нет! Так не бывает! — воскликнула Елизавета Марковна.

— Чего не бывает?

— А меня в Питер привез именно строитель газопроводов, крупный чиновник Федор Федорович Свиридов!

— То есть как? — вытаращила глаза Августа Филипповна.

— А вот так! Это мой хороший друг, чудесный человек… Неужели у них с Иркой роман? Как бы я хотела, чтобы он на ней женился, Густя!

— Погоди, Лиза, может это совсем другой человек… И вообще, откуда ты его взяла, этого Свиридова?

— Он позвонил мне прошлым летом и привез деньги от Пашиного друга, Юрочки Коломенского. Представь себе, они с Пашкой когда-то поклялись, если с кем-то из них что-то случится, то другой по мере сил позаботится о матери друга. И Юрочка позаботился… Так мало того, что Федор Федорович привез мне деньги, он еще помог поместить их в ячейку, поменять какую-то сумму, купить новый телевизор... Мы подружились. А я нашла для него домработницу и некоторым образом даже его дивную собаку.

— Мандариныча?

— Апельсиныча! И еще... Он сказал, что должен поехать в Питер... И мне вдруг так захотелось всех вас повидать... Я только обмолвилась ему, как он тут же предложил себя в провожатые...

— Говоришь, хороший человек? — задумчиво осведомилась Августа Филипповна.

— Да замечательный мужик! Добрый, сердечный, но страшно одинокий...

— Он что-то говорил про Ирку?

— Даже звука не проронил! Подумать только, что это именно наша Ирка... И знаешь, моя соседка по дому работает у него, она так о нем отзывается... И жалеет его.

— Почему жалеет?

— Ужасно, говорит, одинокий он. Густя, заклинаю, позови его в гости, познакомься с ним... Он мне сказал, что хочет во что бы то ни стало познакомиться с семьей своей девушки...

— Девушка! — фыркнула Августа Филипповна. — Тоже мне девушка! Тридцать шесть уже.

— Густя, не придирайся к словам!

— Как давно меня никто не называл Густей... А может, и в самом деле позвать его в гости, а? Но я должна это согласовать с Иркой...

— Ну, разумеется. Но учти, мы завтра уезжаем последним «Сапсаном». Какой изумительный поезд!

— Так что ж, тогда надо завтра позвать его к обеду. Да нет, не стоит.

— Почему это?

— У Ирки завтра опять утренник...

— И что?

— Да не знаю я... Не нравится мне вся эта история. Вот не нравится и все тут!

— Послушай, Густя, это все капризы. А может, у них любовь?

— Да ладно... Не бывает в наше время настоящей любви.

— Здрасьте, приехали! — возмутилась Елизавета Марковна. — Если бы ты слышала, как Федор Федорович говорил о своей девушке... Как он боится, что не сумеет сделать ее счастливой, что если ее сын его не примет, это будет ужасно. Короче, я ему верю. Он такой надежный мужик...

— А почему он расстался с женой?

— Потому что она его не любила, изменяла… И еще там была кошмарная теща.

— А я тоже кошмарная теща!

— Да почему? Ты ж его еще не знаешь! А там у тещи были два любимых словечка, от которых мой Федор Федорович просто лез на стенку.

— И что это за слова?

— Кукусики и сюсюрики. Причем от сюсюриков еще и глаголы образовывались. Например, где ты там сюсюришься?

— Да, от этого можно спятить, — невольно улыбнулась Августа Филипповна. — И это все?

— А что тебе еще надо?

— Да мне-то ничего не надо.

— Зато надо Ирке! И, кстати, для Сашки такой отчим был бы благом!

— Как ты можешь это знать?

— Я чувствую!

В этот момент зазвонил телефон. Августа Филипповна сняла трубку.

— Алло! Да, я слушаю. Кто? Федор Федорович? Ну, разумеется, слышала. Ну, в принципе, почему бы и нет? Хорошо. Да, да. Я поняла. Я с ним поговорю. Да, непременно. Всего доброго!

— Что? — в нетерпении воскликнула Елизавета Марковна.

— Пригласил нас с Сашкой завтра на обед.

— Куда?

— В какой-то ресторан на Конногвардейском. У него приятный голос и манера говорить...

— Надеюсь, ты пойдешь?

— Да, я ведь уже пообещала.

— Вот и славно!

— Вероятно, не надо было соглашаться, но я так растерялась...

— Ах ты, боже мой, растерялась она! Вот я уверена, он тебе понравится!

— Ну понравится, и что? Вся жизнь пойдет кувырком. Ирка бросит театр, переедет к нему, Сашку заберет...

— А если бы она забрала его в Испанию, было бы лучше?

— В Испанию он не поехал бы...

— Густя, ты вообще себя слышишь?

— А что?

— У твоей единственной дочки может удачно сложиться ее дальнейшая жизнь, а ты просто капризничаешь! Большое дело, до Москвы доехать... Ты вот жаловалась, что у тебя уже нет сил одной заниматься хозяйством, это я вполне понимаю, но если Ирка уедет с Сашкой, то себя-то ты легко обслужишь, а может, вообще в Москву переберешься...

— Да разве можно?

— А почему же нет?

— Человек, глубоко травмированный одной тещей, вторую уже априори невзлюбит.

— Занятно, хотя в корне неверно.

— Почему?

— В таком случае ты тоже травмирована зятем.

— Ерунда, мне Виктор всегда нравился, красивый, даже очень, отлично воспитанный, я всегда находила с ним общий язык...

— А то, что он бросил Ирку и Сашку, это ничто в сравнении с его красотой, да?

— Наверное, ты права... Но что-то у меня душа не лежит к этому мужлану.

— Ладно, Густя, давай-ка сменим тему, а то, не приведи господь, поссоримся. Я тебе Свиридова в обиду не дам!

— Знаешь, я когда-то обожала петь романсы Свиридова на стихи Блока, это такая прелесть...

Елизавета Марковна изумленно глянула на старую подругу и вдруг залилась хохотом.

— Да, Густя, узнаю прежнюю Августу Суворину. Неподражаемое антраша! Так перескочила на другую тему... Блеск!

Августа Филипповна смущенно улыбнулась.

— Феденька, любимый, мне пора в театр!

— Это грустно, так неохота с тобой расставаться.

— И мне, но что поделаешь!

— Ну да, да...

Он проводил ее до такси и, как всегда, сразу заплатил. Ираиду это каждый раз трогало. С такими мужчинами ей еще не доводилось иметь дело. Из машины она позвонила матери.

— Мама, пожалуйста, не говори пока Сашке про завтрашний обед, я сама с ним поговорю.

— Мне уже Лиза сказала то же самое! По-вашему я бестактная идиотка?

— Мама, не начинай! Просто ты еще не знакома с Федором Федоровичем, только и всего, и ты предубеждена против него.

— Я горю желанием увидеть наконец этого героя, а то Лизка уже мне все уши прожужжала!

— Поцелуй ее от меня! — обрадовалась Ираида.

— Непременно!

Первый, кого она увидела в коридоре, был пресловутый Карякин, один из дирижеров театра.

— Ирочка, вы изумительно выглядите сегодня! Глаза так сияют, просто нестерпимо! Вы влюбились?

— Представьте себе, Юлиан Васильевич.

— Как жаль, что не в меня!

— Увы! — засмеялась Ираида и побежала переодеваться.

— Ир, что? — схватила ее за рукав Лиля.

— Он сделал мне предложение и завтра будет знакомиться с моими.

— Ох, как ты сияешь, ослепнуть можно!

— Карякин уже ослеп!

— Да пошел он, кобелина!

Но вскоре прозвенел первый звонок.

— ...Мама, Сашка уже спит? — буквально с порога спросила Ира.

— Лег. А мы тут с Лизой... Ты голодная или сыта любовью?

— Мама, к чему эта ирония? Я голодная, но сперва загляну к Сашке.

— Не спишь, Сашок?

Она подошла, поправила одеяло, поцеловала в лоб.

— Мама, ты мне хочешь что-то сказать?

— Как ты догадался? Да, хочу, подвинься чуть-чуть. — Она села на краешек кровати. — Сашок, завтра мы все, и бабушка, и тетя Лиза, приглашены на обед...

— К этому твоему москвичу с желтой собакой?

— Да! — счастливо улыбнулась Ира. — Надеюсь, ты пойдешь?

— Пойду! Охота на него посмотреть!

— А вот хочешь взглянуть на его собаку? — Ира протянула ему свой телефон.

— Ой, мама, какой красивый, ошизеть! И он беспородный?

— Да. Его зовут Апельсиныч.

— Вообще-то дурацкое имя... Но ему подходит... Мам, а его... ну, этого Федора Федоровича не покажешь?

— Покажу, конечно, вот, смотри!

— Суровый чел!

— Да нет, он добрый, даже очень... И я уверена, вы с ним подружитесь...

— А он в технике петрит?

— Ну, вообще-то он доктор технических наук! — с гордостью проговорила Ира.

— Круто! Ладно, поглядим завтра на этого чела. А бабушка согласилась пойти в ресторан?

— Представь себе!

— Это хорошо, а то...

— И тетя Лиза тоже пойдет, они, оказывается, друзья с Федором Федоровичем.

— И случайно оказались одновременно в Питере?

— Ну уж этого я не знаю. Ладно, Сашок, спи давай!

— Мам, а ты сегодня к нему убежала, да? Я сразу допер...

— Ты у меня самый умный мальчишка во всем Санкт-Петербурге, я всегда это говорю! Все! Спи!

...А Федор Федорович пребывал в несвойственном ему блаженно-восторженном состоянии духа. Он был уже влюблен по уши и ни секунды не сомневался, что найдет общий язык с ее сынишкой. Что касается потенциальной тещи, он тоже особо не беспокоился. В конце концов с тещей достаточно держать нейтралитет. Но о такой жене можно только мечтать. С ней уютно... Красивый и уютный номер в «Гельвеции» казался в ее присутствии еще красивее. А как она смеется, как сияют ее глаза, как смешно и очаровательно она словно съезжает с чрезмерно высокой для нее кровати... И вообще, это лучшая женщина в моей жизни, мне кажется, с ней я наверстаю то, что упустил в жизни. И, может быть, она родит мне... неважно, мальчика или девочку... Сердце сладко замирало...

Глава шестнадцатая

Погода с утра была ужасная. Мокрый снег, ледяной ветер... Федор Федорович решил, что сам на такси заедет за дамами и мальчиком, и позвонил в десять часов Елизавете Марковне, предупредить.

— Спасибо, голубчик, погода и впрямь не сахар. Это очень мило с вашей стороны.

А Августа Филипповна спросила у дочери за завтраком:

— Ирка, а чем обусловлен выбор ресторана?

— Это я выбрала! Там хорошо готовят мясо. Я предлагала ему позвать вас в ресторан гостиницы, там их два и оба отличные, но он счел это неудобным... — Ираида вдруг зарделась.

— О, узнаю Федора Федоровича, — воскликнула Елизавета Марковна. — Сама деликатность.

— Ладно, поглядим на этого героя.

— Я сама приеду в ресторан, — сказала Ираида, убегая в театр.

Федор Федорович заказал машину представительского класса, чтобы пожилым дамам и мальчику было удобно и просторно. Он здорово волновался и долго думал, не надеть ли рубашку с галстуком, но потом вспомнил, что даже не взял с собой ни галстука, ни соответствующей рубашки. Ему стало смешно. Вот до чего дожил, надо же...

Он подъехал к дому, которого еще не видел, позвонил Елизавете Марковне сообщить, что уже внизу. И стал ждать, в сильном волнении прохаживаясь возле подъезда. Первым оттуда выскочил мальчик, страшно похожий на Ираиду. Красивый, аккуратненький...

— Ты Саша?

— Да. Здрасьте. Какой вы...

— Какой? — улыбнулся Федор Федорович.

— Здоровенный! — определил Сашка.

— Ну уж какой есть! Давай знакомиться. — Он протянул мальчонке руку.

Тот мгновение помедлил, а потом протянул свою. Федор Федорович осторожно пожал протянутую ладошку.

Но тут из подъезда вышли дамы.

— Августа, позволь тебе представить, Федор Федорович Свиридов!

Будущая теща до такой степени отличалась от бывшей, что Федор Федорович радостно улыбнулся и поцеловал ей руку.

— Очень приятно, — ответила Августа Филипповна, — экий вы богатырь...

Он обезоруживающе улыбнулся. Кажется, я понимаю свою дочь, невольно подумала Августа Филипповна.

Он усадил дам в машину. Сашка с любопытством смотрел на бабушку. Ему этот дядька понравился. Очень хотелось расспросить его про Апельсиныча, но он пока стеснялся. Лучше будет при маме, решил он.

О чем говорят малознакомые люди в неловкой ситуации? Разумеется, о погоде. Вот и Федор Федорович тоже заговорил о ней.

— Сегодня как-то очень промозгло. И ветер... Я утром вышел на Невский, так с Невы дуло ужасно, я даже не ожидал, вышел без шарфа... Пришлось вернуться...

— А я смотрю, вы и сейчас без шапки, — заметила Августа Филипповна.

— А я шапку надеваю только в лютый мороз. Не люблю. Да у меня здесь и нет шапки.

Боже, что за пытка мне предстоит, подумал Федор Федорович. Пока не появится Ира... Но тут на помощь пришла Елизавета Марковна, которая заговорила о какой-то петербургской балерине, которую она видела по телевизору. Поддержать этот разговор Федор Федорович не мог при всем желании, а Августа Филипповна, тоже ощущавшая неловкость, с восторгом поддержала.

Наконец машина остановилась. Федор Федорович выскочил, помог дамам выбраться. Протянул руку Сашке.

— Я сам!

— Прости, брат, я по инерции, — сказал Федор Федорович.

— ...Мы ждем еще одну даму, — сообщил Федор Федорович подбежавшему официанту. — Дамы, может, пока по чашке кофе или чаю?

— Да нет, лучше просто воды, без газа, — попросила Августа Филипповна. От волнения у нее пересохло в горле. Вопреки ожиданиям, этот мужлан даже нравился ей. Несомненное обаяние, вынесла она вердикт. Про себя, разумеется. Но столь обаятельные мужчины бывают весьма ненадежны, пыталась она противостоять первому впечатлению. Но тут появилась Ираида. Она так сияла, что мать даже испугалась.

— Вы уже здесь! А я думала, я первая буду.

Федор Федорович поднялся ей навстречу и тоже просиял.

— Да по ним все ясно, даже невооруженным взглядом видно, это любовь, — шепнула Елизавета Марковна подруге.

— Как Саша похож на маму, такие же удивительные глаза, — чуть хриплым голосом проговорил Федор Федорович.

Ираида поцеловала его в щеку, а он поцеловал ей руку.

«И манеры хорошие, черт бы его побрал!» — подумала Августа Филипповна.

Наконец все занялись меню.

— А можно мне колу? — тихонько спросил Сашка.

— Это надо спросить у мамы, — осторожно ответил Федор Федорович.

— Ладно, так и быть, — кивнула Августа Филипповна. — Ради такого случая — можно.

— А какой у нас случай? Хотелось бы знать, когда человеку можно пить колу?

Все засмеялись смущенно, а Федор Федорович вдруг обрадовался.

— Сегодня, Саша, такой случай... Боюсь, в ближайшем обозримом будущем такой не представится. Я сегодня прошу у тебя и у бабушки руки твоей мамы.

— Я согласен! — сразу заявил Сашка. — И я... как это... благословляю вас!

Ираида зарделась и обняла сына.

— Сашка, ты такой молодец! — шепнула она ему.

— Бабуль, а ты что скажешь?

— А что я могу сказать в такой ситуации... — пожала плечами Августа Филипповна. — Главные действующие лица, похоже, согласны, что мне остается... — слегка обиженным тоном произнесла будущая теща. — Но у меня, как у бабушки и матери, есть два условия, надеюсь, они всем покажутся вполне разумными.

Ираида испугалась. А Федор Федорович ни капельки. Согласие Сашки было для него самым главным.

— Какие условия, мама?

— Сашка до конца учебного года с места не тронется, а ты должна доработать сезон в оркестре, тем более, что вам предстоят гастроли в Италии.

— Должен заметить, условия совершенно разумные и здравые, тем более, что я пока живу на ведомственной квартире, но собираюсь купить свою и постараюсь найти квартиру, в которую можно будет сразу вселиться, но, конечно, Ирочка должна эту квартиру одобрить. Так что условия принимаются, Августа Филипповна. Правда, что касается Ирочкиной работы, то тут она должна решить сама, вы уж не обессудьте!

Клевый дядька, подумал Сашка.

— Боже мой, сколько в Петербурге китайцев! — воскликнула вдруг Елизавета Марковна. — И в поезде их было полно, и тут...

— О, это ты еще не видела, что тут делается летом! — обрадовалась новой теме Августа Филипповна. — Иной раз кажется, что тут не Россия, а Китай!

— В Москве их тоже полно, — заметил Федор Федорович. — Но по-моему, пусть ездят!

— Скажите, а вы коренной москвич?

— Нет, я вообще-то деревенский, в Москве только институт закончил, потом периодически жил, ну, когда диссертации писал, а когда женился, купил в Москве квартиру, которую потом оставил жене. Вот как-то так...

Ираида сидела, млея от счастья. Она видела, что матери ее жених глянулся, но она борется с собой, просто из принципа. Ее условия показались Ире весьма скромными и разумными. Не срывать же Сашку до конца учебного года... И надо подыскать в Москве хорошую школу, да и вообще... А главное, Сашке он явно понравился!

— Федор Федорович, — вдруг обратился к нему Сашка, — а можно мне спросить?

— Конечно, можно, отныне всегда можно, только, знаешь, зови меня дядя Федя, хотя нет, лучше просто Федя, и, по возможности, на ты.

— Ух ты, здорово! — просиял Сашка. — Скажи, Федя, а твоя собака... она общительная?

— В принципе да, общительная. Но очень ревнивая. Но, я думаю, вы подружитесь.

— А почему у нее такое имя странное — Апельсиныч?

— Понимаешь, брат, это не я его так назвал. У него были другие хозяева, но они погибли... И потом, мне нравится имя Апельсиныч. Ему идет, он, знаешь ли, такого апельсинового цвета. А ты любишь собак?

— Обожаю!

— Вот и славно!

— Скажи, Федя, а у тебя дети есть?

— Да, есть, дочка, помладше тебя, и тоже Александра.

— А с ней мы подружимся?

— Вот тут, брат, я не уверен.

— Почему?

— Как бы тебе объяснить, — почесал в затылке Федор Федорович...

— Она из враждебного лагеря, да?

— Сашок, что ты говоришь! — воскликнула Ираида.

— Да все правильно он говорит, только я все же надеюсь...

— Что она переметнется на сторону противника?

Федор Федорович захохотал и поцеловал Сашку в затылок.

— Ай молодец, как загнул!

Сашка вдруг тоже захохотал.

— Федя, ты так смешно смеешься! Так нос морщишь! Правда, мам?

— Саша, нельзя смеяться над взрослыми! — одернула внука Августа Филипповна.

— Ну, в принципе, да, но это над чужими, — заметил Федор Федорович, — а мы почти уже свои... И потом, Августа Филипповна, он же не насмехается, а просто смеется, это, на мой взгляд, можно.

Да, кажется, с этим мужиком не пропадешь, подумал Сашка. Не то что с тем, из Испании, хоть и говорят, что он родной... Никакой он не родной, а с этим можно породниться. В момент, когда Федор Федорович разливал коньяк, дамы пили именно коньяк, Сашка толкнул локтем в бок Ираиду. И показал ей большой палец. Мама обняла его и шепнула:

— Сашок, ты у меня самый лучший!

А Августа Филипповна тем временем выговаривала официанту:

— Передайте вашему повару, что бефстроганов нельзя готовить с грибами! Это в корне неверно, грибы тут ни при чем! Это лишнее!

— Да? — заинтересовался официант. Эта старая петербургская дама внушала доверие. — Но вообще-то бефстроганов у нас пользуется большим спросом...

— Потому что эти люди попросту не знают, как нужно... Эту моду взяли, когда не было хорошего мяса в достатке, тем самым пытаясь улучшить вкус, только и всего!

— Хорошо, мадам, я скажу повару...

— Вот-вот, скажите.

— А я согласен с Августой Филипповной, — неожиданно заявил Федор Федорович. — В Москве в хороших ресторанах, как правило, грибы не добавляют. Я очень люблю бефстроганов и всегда спрашиваю, кладут ли грибы. Если да, беру что-то другое.

Ираида с удивлением на него взглянула.

— Не думала, что ты гурман, — улыбнулась она.

— Я вовсе не гурман, просто люблю вкусно поесть, — пожал плечами Федор Федорович.

А Елизавета Марковна просто любовалась своим любимчиком. Как умно и тактично он себя ведет, как общается с мальчиком! Тот уже смотрит на него влюбленными глазами. Ай молодец, Федор Федорович!

Наконец обед завершился.

— Когда у вас поезд? — спросила Ираида.

— В двадцать один час.

— Жалко, не смогу проводить, у меня вечером спектакль...

— Да, жалко... Но зато мы здорово продвинулись, — шепнул он ей.

— Ты такой молодец!

— Федя, а когда ты еще приедешь? — спросил Сашка.

— Ну, теперь ты приезжай, скоро каникулы... Мама, я надеюсь, сумеет вырваться хоть на денек-другой. А то у меня зарез...

— Непременно вырвусь! — горячо заверила его Ираида.

— Вот и славно! Остановитесь у меня. Санек познакомится с Апельсинычем...

— А Августа может ко мне приехать, — предложила Елизавета Марковна.

— Там видно будет, — довольно сухо отозвалась Августа Филипповна.

Решено было, что сейчас Федор Федорович посадит дам в такси, ближе к вечеру заедет за Елизаветой Марковной, а сейчас проводит Ираиду до театра.

Он заказал такси. Подал дамам пальто. Они вышли на улицу. Вскоре подъехало такси и остановилось за углом. Дамы поспешили к машине.

— Осторожнее, дамы, не звезданитесь! — крикнул он им вслед.

Елизавета Марковна фыркнула, а Августа Филипповна пришла в негодование! А Сашка в восторг! Наконец, они уехали.

— Федь, ты что, пьяный? — спросила Ира.

— Ну так, самую малость, а что?

— Мама таких выражений не приемлет!

— Каких выражений? — искренне не понял Федор Федорович.

— Ладно, проехали!

— Нет, ты скажи, каких выражений не приемлет мадам?

— Так, раскосяк с будущей тещей уже наметился?

— Ничего не понимаю! Объясни! — начал уже закипать Федор Федорович. При слове «теща» его трясло.

— Федь, ну ты же им крикнул «Не звезданитесь!»

— Да? — фыркнул он и засмеялся. — А я и не заметил! Надо же... А в глазах твоей мамы это страшный грех?

— Ну, примерно как для тебя сюсюрики! Но зато Сашка от тебя в восторге! Для меня это главное! И тетя Лиза тебя буквально обожает...

— У нас еще есть время? Может, пойдем пешком? — предложил Федор Федорович.

— Да, время есть... Пошли пешком. Знаешь, как я волновалась... Ужас просто!

— Откровенно говоря, я тоже. Сашка у тебя потрясающий малый! И красивый какой... Так на тебя похож... И умненький, с чувством юмора... Ирочка, родная, даю честное слово, я буду ему хорошим отцом. Обещаю!

— А я и не сомневаюсь.

— А скажи... — он выдержал паузу. — Скажи, а ты... ты родишь мне кого-нибудь?

— А ты хочешь?

— Очень! Очень хочу! Но не раньше, чем через год, сейчас нельзя, пусть Сашка привыкнет к жизни в другом городе, в новой школе... Ой, Ира, ты что, плачешь? Я что-то не то сказал, да?

— Нет, Федечка, нет, ты все правильно сказал. И я рожу тебе... Кого-нибудь... — сквозь слезы засмеялась она. — Не мышонка, не лягушку, а неведому зверушку...

— С ума сошла! Разве можно так шутить? — испугался Федор Федорович. Он был не чужд суеверия.

— Ну, Елизавета Марковна, что скажете? — спросил Федор Федорович уже в поезде.

— Скажу, что вы с Иркой чудесная пара! И мальчик от вас в полном восторге! Все уши нам прожужжал, какой мамин Федя клевый!

— Но Августа Филипповна не разделяет его мнения?

— Дорогой мой, вы сами немного подпортили впечатление. Это ваше «дамы, не звезданитесь!» меня только насмешило, а Густю возмутило до глубины души.

— Да я понимаю, как-то просто вырвалось само собой... Я поддал маленько, и еще был в такой эйфории... Ну, я надеюсь, в ее глазах это все-таки не очень страшный грех?

— Да я бы не сказала... Поймите, это было последнее впечатление, а вы сами знаете, последнее впечатление запоминается...

— Она дура?

— Она не дура, а просто ревнивая снобка. Она видит, как влюблена в вас ее дочь, а тут еще и внук поддался вполне вашим чарам...

— И что она вам сказала обо мне?

— Сказала, что вы мужлан.

— Между прочим, она права, я и вправду мужлан, — засмеялся Федор Федорович довольно добродушно. — Я же, в сущности, деревенский мужик, несмотря ни на какие диссертации.

— А еще Густя сказала, что вы несомненно мужчина очень обаятельный, но это опасно...

— Почему опасно?

— Да это все ерунда, ревность. Не берите в голову, Федор Федорович. Вы с Иркой чудесная пара, она будет вам хорошей женой, я убеждена. А вы будете хорошим отцом для Сашки. Знаете, что мне сообщила Густя? Что Сашка родного отца называет только «ну, этот, из Испании».

— Боюсь, и моя дочка теперь говорит обо мне «ну, этот, деревенский…» — с горечью произнес Федор Федорович. — Ну да ладно, будем жить дальше, правда?

— Конечно! И я уверена, со временем вы с Густей еще подружитесь.

— Поживем — увидим!

Глава семнадцатая

Апельсиныч волновался. Вот уже второй вечер с ним гуляет Татьяна Андреевна, так уже бывало, но сегодня после прогулки она покормила его и... ушла. А он остался один. Ему было страшновато... Но уже ночью он вдруг почувствовал, что хозяин близко! И впрямь вскоре ключ повернулся в двери.

— Апельсиныч! — позвал родной голос еще из-за двери. — Ах ты мой золотой, соскучился?

Пес скакал вокруг него, взвизгивая от восторга, потом принюхался и вдруг отошел, понурив голову.

— Что с тобой, брат? Ты чего? Ты обиделся?

Пес смотрел на него совершенно несчастными глазами.

— Ты не заболел? Нет, нос вроде холодный… Хочешь еще погулять?

Апельсиныч не реагировал. И вдруг Федор Федорович сообразил: он меня обнюхал и расстроился. Нешто учуял запах Иры? Помнится, он был недоволен, когда она тут была. И этот ревнует?

— Маленький мой, собака моя любимая, ни на кого я тебя не променяю, ты не думай! Просто будем жить все вместе… Ты привыкнешь, и Сашка тебе понравится… Они оба любят собак, и никто моего Апельсиныча не обидит, ты не думай…

Ласковый, прямо-таки журчащий голос хозяина проникал в смятенную собачью душу. Слов он не понимал, но интонации были такие, как надо. И вскоре он успокоился, лизнул хозяина в нос, принял угощение — любимый мятный пряник.

— Вот и хорошо, а теперь спать. Я сегодня устал как собака. Хотя ты, ревнивый дурачок, скорее всего, устал не меньше меня. Все. Спи!

Апельсиныч успокоился. Жизнь вошла в свою колею. Хозяин гулял с ним, как прежде, и никуда не уезжал. Только был грустный. А однажды вечером принес какой-то довольно большой ящик и поставил его на шкаф в спальне. Ничем неприятным оттуда не пахло. А через два дня он вдруг достал из ящика какую-то неведомую штуку, закинул два ремня себе на плечи, сел на стул и стал перебирать пальцами какие-то кнопки. А из штуки раздалась музыка. Лицо у хозяина при этом было хмурое и напряженное... А потом вдруг прояснилось, и пальцы быстрее забегали по кнопкам. Эту мелодию Апельсинычу уже приходилось где-то слышать, из телевизора, что ли... Апельсиныч подошел, сел перед хозяином. И вдруг начал подпевать... Вернее, подвывать... Хозяин взглянул на него с удивлением.

— Поешь? Ну пой, пока соседи не пришли! А ты молодец, музыкальный пес! — он уже смеялся в голос, но играл, не прекращал. А Апельсиныч все подпевал ему.

Наконец хозяин перестал играть, осторожно поставил свой инструмент на шкаф и поцеловал Апельсиныча в нос!

— Сколько же в тебе скрытых талантов, дружище, и какая чуткая душа... Обалдеть!

...Федору Федоровичу позвонил Илья.

— Федь, ты как?

— Да как обычно, занят зверски. А что у тебя? Надо бы повидаться. Слушай, а приходи ко мне в пятницу вечером, посидим, выпьем. Кубу вспомним, да и вообще...

— С удовольствием. А как там Апельсиныч?

— Цветет и поет!

— Как поет?

— Приходи, устроим тебе концерт! Часиков в восемь и без машины.

— Само собой!

— Ну привет, старик!

Друзья обнялись.

Апельсиныч тоже обрадовался гостю. Он лизал его в лицо и радостно вилял хвостом.

— Везучий ты, Федька, какой пес тебе достался!

— Это правда. Знаешь, мне и женщина удивительная досталась...

— Та флейтистка, что ли?

— Ага! Мы скоро поженимся...

— Да ты что! Серьезно?

— Более чем. Я уж с ее семьей познакомился... Сынишка ее меня признал, а мамаша как-то... поначалу вроде ничего, но потом стала нос воротить... Я, правда, под конец лажанулся.

И Федор Федорович рассказал другу о финале знаменательного обеда.

Илья долго смеялся.

— Да, Федя, подмочил репутацию... Ну ничего, снобку в Питере легче пережить, чем кукусиков.

— Оно конечно...

— А Ира твоя готова бросить театр?

— В принципе да. Говорит, будет искать работу преподавателя, надоело ей сидеть в оркестровой яме... И потом, мы еще ребеночка планируем через год...

— Вон даже как... Это любовь?

— Похоже на то. Знаешь, я без нее теперь чувствую себя немного потерянным, вне работы, конечно... Вон даже про баян вспомнил... — чуть смущенно признался Федор Федорович.

— Про какой баян?

— Да это единственное, что мне от отца осталось... Соседи говорили, знатный был баянист...

— Ты играешь на баяне? — вытаращил глаза Илья.

— Ну так... По слуху. Нот не знаю. Он несколько лет стоял у одних знакомых, а недавно я его сюда перевез. Стал играть, а Апельсиныч вдруг подвывать начал, и так музыкально.

— Ага, ты обещал показать мне этот номер, но не говорил, что сам ему аккомпанируешь!

— Именно! — обрадовался Федор Федорович. — Именно я теперь записался к Апельсинычу в аккомпаниаторы.

— Давай-давай, я жажду услышать ваш дуэт.

— Ты серьезно?

— Конечно!

— Ладно, только потом пеняй на себя!

В глубине души Федору Федоровичу хотелось, чтобы кто-то еще послушал его, кроме Апельсиныча. Ильи он совсем не стеснялся. Он достал баян, сел, пробежал пальцами по кнопкам. И заиграл.

И вдруг Илья запел:

— «Клен ты мой опавший, клен заледенелый...»

Апельсиныч и Федор Федорович изумились. Илья пел хорошо, музыкально, приятным тенорком... А Апельсиныч помалкивал.

— «Как жену чужую обнимал березку...» — допел Илья, и вдруг заплакал.

— Илюха, ты чего? — перепугался Федор Федорович, а Апельсиныч подбежал к гостю и стал лизать его в лицо, тихонько подвывая. Сцена была душераздирающая.

— Илюх, что стряслось? Ты что, пьяный!

— Ох, прости, Федя, чего-то пробрало меня... А ты хорошо играешь... Не знал.

— А ты просто здорово поешь, я тоже не подозревал даже. Только я не поверю, друг, что ты так расчувствовался от моей игры. Колись, в чем дело? Баба какая-то?

— Баба, точно, — с трудом успокоившись, проговорил донельзя смущенный Илья. — Тут все вместе сошлось...

— Давай, рассказывай, легче будет...

— Да банально все до жути, оттого и обидно... Втюрился как идиот в одну клиентку. Пока вел дело, даже не намекнул, этика, то, се, а она, видно, уловила что-то, давила на жалость, и такая вся красивая, наивная... Ну, я дело выиграл, а расплачиваться со мной пришел ее мужик, богатенький буратинка, женатый не на ней. Короче, она была у него содержанкой, но он сумел полностью остаться в тени, пока шел процесс, а она все говорила, какая она несчастная, одинокая... А он щедро со мной расплатился и увез ее в Майами, где купил ей квартиру. Вот такие пироги. А ты как заиграл, да еще и Есенин, которого люблю ужасно...

— А знаешь, я был тут в Питере, проходил мимо «Англетера», там доска висит мемориальная, а рядом, буквально в полуметре от этой доски, вывеска ресторана «Счастье». Можешь себе представить?

— Да ты что? Не было там такого ресторана раньше!

— А теперь есть! Это ж такая бестактность, уму непостижимо!

— Интересно, а куда смотрели городские власти? Черт знает что!

Федор Федорович был рад, что ему удалось переключить друга на другую тему.

— Да там, скорее всего, уже никто не знает, что случилось с Есениным! Как Маяковский писал: «У народа, у языкотворца, умер звонкий забулдыга-подмастерье...»

— Знаю эти стихи: «Может, окажись чернила в «Англетере», резать вены не было б причины...»

— Вот сейчас твоя потенциальная теща тебя бы оценила, а то «Не звезданитесь!» Надо же. Федь, ты прости меня за эти пьяные слезы, совсем не мой стиль... Но почему-то перед тобой не очень и стыдно... Да, а почему Апельсиныч не подпевал?

— Ты запел, а он у меня деликатный... — улыбнулся Федор Федорович.

— Да он у тебя вообще чудо... Слезы у меня слизывал!

— Он тебя любит, а вот Ирку мою как-то не очень. Ревность, ничего не попишешь...

— Знаешь, Федька, золотой ты мужик...

— Да ладно... Очень многие с тобой не согласились бы. Очень-очень многие!

— Но я так скажу напоследок, и хватит потом сантиментов: я рад, что у меня есть такой друг! Дай пожму твою медвежью лапу, и я поеду!

— Куда в такой час?

— Домой! Такси сейчас вызову и поеду. Как говорил один знакомый, «бабаськи». Словечко вполне достойное твоей бывшей тещи, согласись.

И оба рассмеялись.

Ира вдруг стала замечать, что Сашка какой-то грустный.

— Сашок, в чем дело? Что-то в школе?

— Мам, не бери в голову, ерунда. Скажи, а мы в Москву поедем?

— Конечно! Скоро каникулы!

— А мы к нему переедем, да?

— А ты что, не хочешь?

— Хочу, мамочка, очень хочу! А ты когда билеты возьмешь?

— Какие билеты, Сашок?

— Ну на поезд?

— А я уже взяла. На субботу рано утром.

— А мы надолго?

— На три дня. Я в театре договорилась. Суббота, воскресенье и понедельник.

— И остановимся у Феди?

— Конечно.

— Хорошо, я потерплю, — едва слышно проговорил Сашка.

Но сколько она не допытывалась, так он ничего ей не сказал.

— Мама, ты не заметила, что с Сашкой что-то творится? — обратилась Ира к Августе Филипповне.

— Да, он какой-то потерянный, но я отлично понимаю, в чем дело.

— И в чем же?

— Он боится!

— Господи, чего он боится?

— Новой жизни с этим мужланом, сама что ли не понимаешь?

— Что за чепуха! Да он буквально бредит Федей!

— Это он тебя не хочет расстраивать. Ну что за жизнь у него там может быть? Ты вся растворишься в этом мужике... Это надо же, чтобы такая утонченная женщина влюбилась, как помоечная кошка, в этого амбала, да еще и старого...

— Мама, как ты можешь!

— Могу, могу! И вот что я тебе скажу: Сашка никуда переезжать не будет, останется со мной, а ты можешь все бросить, театр, музыку и нежиться в постели с этим амбалом. Это же додуматься надо: раньше ты мечтала сыграть концерт Вивальди до минор для флейты с оркестром, а теперь... И не говори, что ты его любишь! Ты любишь только одну часть его тела...

— Мама, не смей так говорить! Как тебе не стыдно!

— А мне-то чего стыдиться? Это не у меня бешенство матки!

— Все, мама! Я не позволю тебе вообще упоминать о Феде! И Сашка с тобой не останется, не надейся!

И Ираида выбежала из комнаты, громко хлопнув дверью.

В доме теперь была невыносимая обстановка, и Ира уже считала дни до отъезда в Москву.

Накануне отъезда Августа Филипповна спросила у внука:

— Скажи, Саша, ты действительно хочешь ехать в Москву?

— Конечно, очень хочу!

— А может, не поедешь?

— Почему это?

— Кто знает, что там, в доме у этого типа?

— Это Федя тип? Никакой он не тип! Это тот, из Испании, тип, а Федя настоящий мужик, и я знаю, он... он мне поможет!

— И в чем это он должен тебе помочь?

— Есть один вопрос...

— Какой вопрос? Может, мы и без Феди обойдемся в решении этого вопроса?

— Бабушка, тебе самой-то не смешно? — бросил Сашка и выбежал из комнаты.

И вот, наконец, они с мамой сели в поезд. Сашка все время смотрел в окно. И был по-прежнему грустный. Скорее всего, он влюбился в какую-то девочку, а та не обращает на него внимания, подумала Ираида. Ну, это небольшая беда. Пусть.

— Сашок, а ты что это в смартфон не пялишься?

— А я его дома оставил.

— Забыл?

— Ага. Забыл.

Это показалось Ираиде странным, но мало ли что бывает с влюбленными мальчишками.

Она здорово волновалась перед встречей с любимым мужчиной в этой новой ситуации. Как он поведет себя?

— Мама! Смотри, Федя! — просиял Сашка, указывая в окно. И в самом деле, Федор Федорович стоял на перроне с букетом в руках. Сердце у Иры зашлось от радости.

— Федя! — Сашка первым выскочил из вагона. — Привет!

— Привет, Санек! Погоди, надо еще маму подхватить!

Он протянул к ней руки.

— Ну здравствуйте, мои хорошие! Я страшно рад!

Он поцеловал Иру в щечку, пожал руку Сашке, взял чемодан, и они пошли к выходу.

— Вы пока постойте тут, а я подгоню машину.

— Мам, а какая у него машина?

— «Вольво», кажется.

— Круто!

Сашка сиял! От грусти последнего времени кажется, и следа не осталось. Неужто он скучал по Феде, которого видел всего ничего? Удивительно!

— Мам, вот она! — воскликнул Сашка и бросился к машине.

Федор Федорович вышел, положил чемодан в багажник.

— Простите, дорогие, сядьте оба сзади, у меня переднее сиденье не в порядке...

Все у него в порядке, догадалась Ира, просто не хочет оставлять Сашку одного на заднем сиденье! До чего ж он тонкий человек, несмотря на столь брутальную внешность. И как я люблю его!

— Ну, что у нас нового? — спросил Федор Федорович, выруливая со стоянки.

— Да ничего особенного, а у тебя?

— Да кроме работы и света белого не вижу...

Апельсиныч спал крепким сном, когда за дверью раздались голоса. Он вскочил и кинулся к двери. И сразу учуял ту бабу... Но там был кто-то еще.

Дверь открылась.

— Ой, Апельсиныч! Какой ты красивый! — закричал какой-то мальчишка и сразу сунул ему мятный пряник. — А лапу дашь?

Апельсиныч дал лапу, а мальчишка с чувством ее пожал.

— Федя, какой ты счастливый! У тебя такая собака!

Кажется, парнишка ничего, подумал Апельсиныч. Но зачем тут эта тетка?

— Апельсиныч, здравствуй! — сказала она и погладила его. А он ушел на свою подстилку.

— Апельсиныч, это невежливо, — со смехом сказал хозяин.

А водить сюда теток — вежливо? Мальчишка еще куда ни шло, а эту не люблю. И пусть знает!

Но о нем, казалось, все забыли. Хозяин отнес чемодан в комнату, где обычно ночевала Татьяна Андреевна, а потом повел гостей на кухню, где уже был накрыт стол. Так вот почему Татьяна вчера так долго возилась на кухне! Мне, правда, досталось много вкусного и потрясающая мозговая косточка... Посмотрим, позовут меня или нет, сам не пойду, не хочу навязываться...

...Ира ушла в ванную мыть руки, а Сашка шепнул Федору Федоровичу:

— Федя, мне ужасно нужно с тобой посоветоваться. Но так, чтобы мама не знала.

— Понял, — кивнул Федор Федорович. — Изыщем такую возможность.

Изыскать возможность удалось еще не скоро. Сашка весь извелся. Федор Федорович это понял и заявил:

— Вот что, Ирочка, мне надо погулять с Апельсинычем, а ты пока отдохни! Санек, пойдешь с нами?

— Ой, конечно, пойду!

Ира сочла это правильным, пусть общаются без меня. Это полезно.

Апельсиныч тоже обрадовался, что тетка останется дома.

— Ну, Санек, о чем ты хотел посоветоваться?

— Федя, только не говори маме, а то она будет плакать, кричать, а это неправильно...

— Да что такое, брат? — вдруг испугался Федор Федорович.

— Ты понимаешь, в школе... Короче, меня там травят!

— Травят? Кто? Ребята?

— Ну, это не в школе, а в соцсетях... Вдруг ни с того ни с сего начали травить... Вот уже недели две... Пишут, что я убогий, ботан, и еще много всего...

— Так, понятно. А что послужило причиной? Был какой-то конфликт в классе?

— Да в том-то и дело, что ничего... Как снег на голову...

— А ты знаешь, кто первый начал?

— Не знаю! Попробовал отследить. Началось с какого-то анонимного вброса... А наши подхватили... Это ужасно... Так обидно и несправедливо...

Сашка скрипнул зубами, но не заплакал.

— Скажи, Федя, как мне быть?

— А, допустим, классный руководитель в курсе?

— Не думаю.

— А в школе, непосредственно, что-то такое тоже происходит?

— Нет. Только в соцсетях. Но от этого не легче. Я по глазам некоторых вижу, что они в этом участвуют... Но внешне... нет.

— Вот подлецы! Я тебя понял. Давай договоримся так. Ты мне покажешь эту прелесть?

— Я смартфон дома оставил.

— Не страшно, зайду в сеть со своего. Погляжу, что там и как. На каникулах ты туда не заглядываешь. А как начнутся занятия, думаю, через денек-другой все прекратится. И еще скажи мне, как зовут классного руководителя?

— Алла Сергеевна.

— А фамилия?

— Фомичева. А тебе зачем?

— Надо! Ты же обратился ко мне за помощью, вот я и попробую помочь.

— Я не за помощью, я за советом.

— Понимаешь, Санек, помочь я, наверное, смогу, а вот дать совет… Хотя тоже могу. Пока забудь, живи и радуйся.

— А чему радоваться? — грустно спросил мальчик.

У Федора Федоровича сжалось сердце.

— Ну, например, тому, что с осени пойдешь в другую школу. Да и вообще… А главное, поменьше заглядывай в соцсети, гадость это… Но ты правильно сделал, что не сказал маме. Это наши с тобой мужские дела. А женщины — они только крыльями хлопают. Уважаю, ты мужик! Дай пять!

И они пожали друг другу руки.

…Под вечер они втроем отправились в боулинг, где Федор Федорович учил Сашку кидать шары. Тот был в полном восторге. У него получалось, да еще его угостили безалкогольным коктейлем «мохито». Это оказалось здорово вкусно. С того момента, как Сашка рассказал все Федору Федоровичу, ему стало легко и хорошо. Этот дядька, который понравился ему с первого взгляда, оправдал все его ожидания. Не отмахнулся от него, а принял это так, как надо. По-мужски! Да, с таким не пропадешь!

А Ираида не могла нарадоваться, видя как общаются ее обожаемый сын и любимый мужчина. После боулинга они еще поужинали в ресторане, потом поехали домой, и все втроем пошли гулять с Апельсинычем.

А при мальчишке она не лезет к хозяину, в такой компании ее можно терпеть, решил Апельсиныч. Но ночью она прокралась к хозяину в комнату, тот сразу запер дверь, и чуткий слух Апельсиныча улавливал звуки, которые смущали покой порядочной собаки. Хотелось немедленно сделать какую-нибудь пакость… Ага, вот стоят ее сапожки. Апельсиныч понюхал их, можно погрызть! Может, тогда она перестанет сюда приходить?

...Утром, когда все еще спали, хозяин собрался вывести Апельсиныча, и тут заметил растерзанные Ирины сапожки.

— Ну что ты, дурачок, наделал, а? Зачем? Она тебе не нравится? Ничего, придется смириться, она скоро вообще к нам переедет, — втолковывал хозяин Апельсинычу, но предварительно положил то, что осталось от сапог, в пакет и по дороге выкинул в мусоропровод. — Я ведь понимаю, если бы ты мог говорить. Но ты не можешь, и так выражаешь свое недовольство. Ну что ж делать... Ты это зря, она чудесная... Я люблю ее, понимаешь? Думаешь, я буду тебя меньше любить? Ничего подобного! Просто это другое. У нас скоро будет семья, будем жить все вместе, ты не будешь целыми днями сидеть один. Тебе понравится такая жизнь. А мальчонка какой замечательный, ты же с этим не поспоришь, правда? Он ведь тебе понравился? Да? Куда больше, чем моя Шурка? Стыдно признаться, но и мне тоже... Так получилось, я, наверное, сам виноват, но она меня знать не хочет. Как, кстати, и Сашка своего отца... Так странно все сходится. А мальчонка нуждается во мне... И я, кажется, знаю как ему помочь...

Апельсиныч обожал эти монологи хозяина, обращенные к нему. Они успокаивали, пес понимал, что хозяин его любит и нуждается в нем как в собеседнике, хоть и молчаливом.

— Обещаешь мне больше не делать глупостей?

Апельсиныч преданно глядел в глаза хозяина.

— Значит, договорились.

Когда они вернулись, Ира и Сашка уже встали.

— Федя, с добрым утром! Почему ты меня не разбудил? Вместе бы погуляли! Привет, Апельсиныч!

Ира улыбнулась ему чарующей улыбкой.

— Феденька, какие у нас нынче планы?

— После завтрака поедем в торговый центр.

— Господи, зачем?

— Видишь ли, Апельсиныч сгрыз твои сапожки. В хлам!

— Ревнует? Бедолага! — воскликнула Ира и погладила Апельсиныча. Он понял, что она не рассердилась. Надо же!

— Скажи, у тебя есть еще какая-то обувь, чтобы до магазина дойти?

— Только шпильки!

— Не беда, мы с Саньком будем держать тебя с двух сторон! А обедаем сегодня у Елизаветы Марковны.

— Не надо меня держать, я прекрасно умею ходить на шпильках!

— А мне всегда кажется, что это очень опасно.

— Смотря для кого! — засмеялась Ира.

Надо же, она не рассердилась и не расстроилась, умница моя! — умилился Федор Федорович.

Они купили очень красивые и дорогие сапожки, такие Ира сама не могла бы себе позволить.

— А смотри, какие красивые туфельки! — Федор Федорович взял в руки и вправду прелестные туфли из коричневой замши.

— Нет, мне такие ни к чему, хватит с меня и сапог!

— Но сапожки — это возмещение ущерба, — засмеялся Федор Федорович, — а туфли — это будет мой подарок. Я же тебе еще ничего не дарил... Ну пожалуйста, примерь!

В результате купили еще и туфли. А Сашке купили новую игровую приставку.

— Ирочка, я вот что подумал... Вероятно, надо было организовать Саньку какую-то культурную программу, а я...

— Не надо культурную программу! — закричал Сашка. — Я сколько раз был в Москве, и еще потом буду тут жить, тогда и составите мне культурную программу, а пока хочу бескультурную!

— Так и быть! На сей раз сойдет и бескультурная! — рассмеялась Ира. Ей давно не было так хорошо.

Потом они купили цветы и поехали к Елизавете Марковне.

— Как же я рада видеть вас в таком составе!

В какой-то момент Елизавета Марковна попросила Иру помочь ей на кухне.

— Знаешь, — зашептала она, — мне сегодня звонила Густя, она там от ревности с ума сходит...

— Тетя Лиза, согласитесь, это ужасно глупо!

— Согласна! Но с этим надо что-то делать... Может, имеет смысл предложить ей тоже перебраться в Москву?

— Ну нет! Пока нельзя, она же все мне отравит... Если бы вы слышали, какие гадости она мне говорила в последнее время. И вообще, хватит с Феди и одной тещи! Я вовсе не хочу, чтобы он в результате сбежал из дому. Ничего, от Москвы до Питера четыре часа езды или час лету... буду раз в две недели к ней ездить...

— А ты работать собираешься?

— Ох нет, пока не хочу! Надо будет покупать квартиру, обустраивать ее, видели бы вы, в каком неуюте живет Федя... Вот устроимся, а там видно будет... И за Сашкой надо приглядывать.

— Да, вероятно, ты права.

— А эта ревность меня уже достала. Апельсиныч из ревности сгрыз мои сапоги, — со смехом сообщила Ира.

— Да ты что! А Сашка, я смотрю, уже души в будущем отчиме не чает!

— Да, и я счастлива от этого!

В понедельник утром Федор Федорович пошел на работу. А Ира с Сашкой поехали навестить тетушку.

Федор Федорович вызвал к себе главу айтишного отдела Славу Божка.

— Вячеслав, не в службу, а в дружбу...

— Слушаю вас, Федор Федорович.

— Понимаешь, тут такое дело... Надо помочь одному пацану...

— Какому пацану?

— Ну, считай, моему сыну...

— Так у вас же вроде дочь?

— Теперь будет еще и сын. Только это сугубо между нами.

— Понял. Я — могила. Так что там такое?

Федор Федорович ввел Вячеслава в курс дела.

— Задачу понял! Думаю, докопаться труда большого не составит. Как срочно?

— Ну, хотелось бы до конца школьных каникул.

— Думаю, уже завтра будет результат.

— Я твой должник!

— Да бросьте, Федор Федорович, благодаря вам моя сестра опять работает по специальности, и ее даже повысили, так что...

— Спасибо, заранее спасибо!

Федору Федоровичу удалось освободиться пораньше и проводить Иру с сыном на девятичасовой «Сапсан».

Уже на вокзале Федор Федорович шепнул Сашке:

— Я не забыл, не думай! Все будет отлично, не сомневайся даже!

— А я в тебе и не сомневался!

— Вот и славно, Санек!

Федор Федорович вдруг подхватил Сашку подмышки, поднял и расцеловал в обе щеки.

— Ну ты чего... Я не маленький! — смущенно пробормотал Сашка.

И они уехали.

Едва Федор Федорович вернулся домой и собрался гулять с Апельсинычем, как позвонила бывшая жена. Что ей еще понадобилось?

— Слушаю тебя.

— Федя, мне надо с тобой поговорить.

— О чем?

— Это очень важно и хотелось бы не по телефону.

— Вера, прошу тебя, говори, некогда мне...

— Нам необходимо встретиться, это касается Шурки.

— С ней что-то случилось?

— Нет, слава богу. Но от нашей встречи во многом зависит ее дальнейшая жизнь.

— О господи! Ну хорошо... Но, может, все-таки скажешь, в чем дело?

— Нужна твоя подпись на разрешении вывезти ее за границу.

— Ну я подпишу, в чем проблема, так бы и сказала...

— И тем не менее, я настаиваю на встрече!

— Ну, если ты так ставишь вопрос... Завтра в час дня приходи в кафе рядом с моей работой. И не опаздывай, у меня будет обеденный перерыв.

— Спасибо, Федя!

Настроение было безнадежно испорчено. После той эйфории, в которой он провел последние дни... Ну хочет она поехать с Шуркой за границу, пусть, но зачем отнимать у меня время?

Утром явился Вячеслав.

— Неужто докопался?

— Как нечего делать.

— Ну что там?

— Первый анонимный вброс был из Испании, как ни странно, а там уж школота подхватила... Я бы своими руками придушил...

— Скажи, а удалось докопаться до анонима?

— Ну имени выяснить не получилось, он, видать не вовсе идиот, этот подонок...

— А город? Часом не Барселона?

— Точно, Барселона!

Федор Федорович тихо выматерился.

— Вы знаете этого типа?

— Лично не знаю, но хорошо знаю, кто это... Сукин сын! Все, спасибо, Вячеслав! Я тебе по гроб жизни благодарен!

— Да чепуха, Федор Федорович! Обращайтесь!

С этими словами Вячеслав вышел из кабинета.

Это надо же, родной отец устроил сыну такую пакость! А зачем, спрашивается? Хотя ежу понятно, чтобы сделать жизнь сына в Питере невыносимой и забрать его в Испанию. Вместе с матерью, разумеется! Не выйдет, господин хороший! Теперь есть кому вступиться за мальчонку.

...С утра настроение было отвратительное. Что там еще Вера придумала? В прошлый раз, когда понадобилось подобное разрешение, она передала бумажку с Шуркой, он бумажку подмахнул, заверил у нотариуса, и дело с концом. А теперь что? Как я не хочу ее даже видеть... Но ничего не поделаешь...

Вера ждала его в кафе. Красивая, зараза, с неприязнью подумал он.

— Ну здравствуй, есть хочешь?

— Только кофе!

— А я, с твоего позволения, поем. Ну, так в чем дело?

— Федя, я выхожу замуж!

— Поздравляю! И кто твой герой? Надеюсь, Калерия Степановна не считает его серостью? А как Шурка? Куда ты ее везешь на сей раз?

— В Бельгию.

— Чего вдруг?

— Говорю же, я выхожу замуж, а он живет в Бельгии. И с Шуркой у него прекрасные отношения...

— То есть... ты увозишь ее на ПМЖ?

— Ну в общем да! А ты против?

— Иными словами, тебе нужно разрешение... бессрочное, что ли? Не знаю, как точно это называется... Понятно... Хочешь совсем оторвать ее от отца?

— Федя, ну какой ты отец?

— А тот бельгиец лучше? — недобро прищурился Федор Федорович.

— Начнем с того, что он не бельгиец, а русский, и потом да, лучше. Они с Шуркой друзья, а ты... бросил нас, да еще собаку завел...

— При чем тут собака? — разозлился Федор Федорович.

— При том, что у Шурки на нее аллергия!

— Выдумки все, нет у нее никакой аллергии. А Шурка... она хочет уехать?

— Да мечтает! Вадим столько ей рассказывает о Брюсселе, он ее обожает! У него своих детей быть не может... Короче, я надеюсь, ты не станешь препятствовать?

— Я должен сперва поговорить с Шуркой!

— Зачем это?

— Хочу понять...

— Да пожалуйста, говори! Заезжай вечером и поговори.

— И заеду! А этот твой бельгийскоподданный здесь?

— Нет, он сейчас в Брюсселе, работает.

— Хорошо, я заеду часиков в восемь, раньше не выйдет.

— Но ты подпишешь разрешение?

— Не раньше, чем поговорю с дочерью.

— Ну хорошо. Тогда я пойду!

— Постой, а Калерия Степановна тоже поедет в Бельгию или будет здесь сюсюриться?

— Нет, мама останется в Москве, мы же будем приезжать. Я предлагала, но мама ни в какую, боится за границу ехать. Так что не мылься на квартиру!

— Тьфу ты! Иди уже, видеть тебя не хочу!

— А я тебя!

С этими словами она ушла.

Она думает, что я буду препятствовать? Но какой смысл? Скорее всего, она сказала правду, и Шурка хочет уехать с ней. Но я все-таки должен в этом убедиться.

И вечером он поехал на свою бывшую квартиру. Ему открыла Вера.

— Все-таки приехал!

— Где Шурка?

— В своей комнате.

— Ты уже провела разъяснительную работу?

— Очень надо! — ухмыльнулась Вера.

Он снял пальто, пригладил волосы и постучал.

— Войдите!

— Привет, дочка!

— А, здравствуй, папа!

— Ну, дай хоть поцелую!

— Не люблю целоваться!

— Ну хорошо!

Он сел, закинул ногу на ногу. Ему было чудовищно трудно. В детской была какая-то тяжелая атмосфера. Дочь смотрела на него с неприязнью. Да ладно, сказал он себе, она ребенок...

— Скажи мне, Шурка, ты действительно хочешь уехать?

— Да! Представь себе, очень хочу! И у меня теперь будет другой папа!

— Извини, папа может быть только один...

— Чепуха! Это мама может быть только одна, а пап сколько угодно! Папа тот, кто воспитывает, и любит... И я его люблю!

— Так! А меня, значит, ты совсем не любишь?

— Ты нас бросил! А Вадя подобрал!

Больше всего ему сейчас хотелось разнести тут все в щепки, но он понимал — нельзя!

— Ну вот что, дочь... Я все понял, я дам разрешение, не сомневайся, но когда-нибудь ты поймешь... Когда вырастешь и поумнеешь... Ладно, только помни, если в какой-то момент тебе понадобится помощь, ты всегда должна знать, что у тебя есть родной отец. Вот так-то!

Он встал и вышел из комнаты.

— Ну что? — с затаенным торжеством спросила Вера.

— Я все подпишу, а тебе скажу вот что: я так понимаю, что твой новоиспеченный муж, или кто он там... в состоянии прокормить мою дочь, но я буду регулярно переводить деньги на счет, который открою завтра же. Раз в год ты будешь предоставлять мне отчет о том, как живет Шурка, и тогда я буду высылать еще определенную сумму, но деньги со счета ты снять не сможешь. Они будут доступны только Шурке, когда она достигнет восемнадцати лет. Тебя содержать я больше не намерен. Завтра же напишу разрешение, заверю у нотариуса и на этом наши отношения заканчиваются. Бумагу тебе доставят. А теперь прощай, надеюсь, ты успокоилась? Счастливо сюсюриться в Бельгии!

И он стремительно ушел. Его трясло!

Он вошел в квартиру, и Апельсиныч бросился к нему. Пес словно почувствовал состояние хозяина и жалобно заскулил.

— Господи, как я тебя люблю, хороший мой! У тебя есть душа, чуткая, добрая душа, не то что у этих... Пошли гулять!

Вернувшись с прогулки, Федор Федорович покормил Апельсиныча, разогрел себе ужин. Надо напиться! Просто необходимо! Он налил себе стакан водки. Выпил. Потом достал баян и заиграл. Апельсиныч стал подпевать. И тут Федор Федорович не выдержал и заплакал... Он не плакал с детства, а тут его пробрало... Что они, эти глупые и злобные бабы, сделали с моей Шуркой? Она, скорее всего, вырастет такой же злобной дурой... С кукусиками и сюсюриками... Боль была такая, что хотелось не просто плакать, а выть!

Апельсиныч чувствовал, что хозяину плохо, так плохо, как еще не бывало... Он не понимал почему. Может, оттого, что уехала та тетка? Но если так... Пусть тогда она приедет, лишь бы любимый хозяин не плакал... Пусть, я потерплю... И вдруг он придумал! Он побежал в спальню, там на кровати лежала подушка, которую ему очень хотелось порвать в клочья, от подушки пахло той теткой, но после изгрызенных сапог Апельсиныч решил воздержаться, все-таки во всем надо знать меру. Он схватил подушку зубами и побежал на кухню к хозяину. Положил подушку у его ног и тихонько тявкнул.

— Ты чего, брат? — утирая кулаком слезы, спросил Федор Федорович. — Ты зачем это принес, да по полу валяешь?

Он поднял подушку и на него пахнуло духами Иры.

— Апельсиныч! Дорогой ты мой друг! Дай я тебя поцелую! Ты такой умный, обалдеть просто! Ты прав... У меня же есть Ира и Санька... Ну ты даешь! Напомнил мне о них в такую минуту, это надо же...

Слез как не бывало.

Федор Федорович осыпал поцелуями морду Апельсиныча, и прочувствованно произнес:

— Знай, псина, я никогда тебя не предам. Я вообще не предатель по натуре... И поверь, мы и дальше, когда они уже будут с нами, будем вот так говорить по душам... Даже не сомневайся!

Глава восемнадцатая

Как только весенние каникулы кончились, Федор Федорович, никому не объявляясь, полетел на самолете в Петербург, в аэропорту взял такси и прямиком направился в школу.

Пожилой охранник заступил ему дорогу.

— Вы куда?

— Здравствуйте! Мне необходимо поговорить с Аллой Сергеевной Фомичевой.

— Так у ней сейчас урок! А вы чей папаша будете? Или дед?

Вот меня уж и за деда можно принять, засмеялся про себя Федор Федорович.

— У меня к Фомичевой дело государственной важности.

И Федор Федорович сунул под нос охраннику свое служебное удостоверение. В шикарном красном переплете. Охранник был близорук, углядел только, что корочки непростые.

— Понял. Но пропустить не могу. Не положено.

— И вы правы. Но окажите мне любезность позвать Аллу Сергеевну сюда. Мне тоже ни к чему светиться в школе.

И почти тут же прозвенел звонок на перемену. Охранник позвонил в учительскую. А Федор Федорович вышел на крыльцо. Он не хотел, чтобы Санька его засек.

Но вот к охраннику подошла еще довольно молодая миловидная женщина в накинутой на плечи дубленке. Тот показал ей на Федора Федоровича.

— Здравствуйте, вы ко мне?

— Здравствуйте, Алла Сергеевна.

— Что-то случилось? Вы чей отец? Я вас что-то не знаю.

— Дело в том, что я отчим Саши Бутурлина. Свиридов Федор Федорович. Я не хотел бы, чтобы Саша меня тут видел, дело сугубо конфиденциальное.

— Слушаю вас!

— Вы в курсе, что Сашу травят ваши ученики?

— Что значит травят? — перепугалась Алла Сергеевна.

— В соцсети! Вот, полюбуйтесь!

И он протянул ей свой телефон.

— Боже, какая гадость! Нет, я даже не подозревала... Там был какой-то конфликт? Мне ничего не известно!

— Конфликта не было! Все организовал его папаша, который хотел увезти Сашку в Испанию, а тот ни за что, вот он и решил устроить сыну невыносимую жизнь и под этим предлогом увезти в Испанию.

— Быть не может! Родной отец?

— Еще как может! А ваши ученики с восторгом подхватили! Сашка учится здесь только до конца года, а потом я забираю его и его маму в Москву, но до конца учебного года хотелось бы, чтоб мальчонка жил спокойно.

— Федор Федорович, спасибо, огромное вам спасибо! Я сегодня же поговорю с классом! Можете не сомневаться, это больше не повторится! У меня есть определенный авторитет в классе... Обещаю вам, я все улажу! Я хорошо представляю себе, кто у нас застрельщик в таких делах, и ему мало не покажется. И знаете что, лучше этот разговор провести без Саши, вы не находите?

— Пожалуй, вы правы. Может, скажете ему, что его тут ждут... Я потом отвезу его домой. Не беда, если он пропустит два-три урока!

— Конечно! И еще раз спасибо вам!

Встреча с Сашей не входила в первоначальные планы, но Федор Федорович признал правоту учительницы. Она ему понравилась, с характером женщина и сумеет справиться со школотой...

— Федя! — раздался крик и Сашка бросился к нему.

— Привет, Санек! Не ожидал?

— Нет, я так удивился, когда Алла меня домой отправила! И испугался. А ты по тому делу приехал, да?

— Ну конечно! Кстати, мне твоя классная понравилась.

— Да, она вообще классная.

— Классная классная? — засмеялся Федор Федорович.

— Да, смешно получилось...

— Санек, а пошли куда-нибудь в кафе, посидим, а?

— Пошли! — обрадовался мальчик.

— Вот и славно!

— Федя, а мама знает, что ты здесь?

— Нет, никто не знает... Я бы и тебе не объявился, но мне Алла Сергеевна объяснила, что хочет поговорить с классом без тебя.

— Ой, они потом скажут, что я ябеда...

— Не скажут! Алла Сергеевна придумала, что она внушит этим недоумкам, будто сама обнаружила в сети всю эту мерзость...

— Правда? Здорово! — просиял Сашка. — Спасибо, Федя!

— Не за что! Всегда обращайся ко мне! И маме мы всего этого не скажем...

— Федя, а можно еще вопрос?

— Сколько угодно!

— А известно, кто это все начал?

Этого вопроса Федор Федорович боялся. Сказать или не стоит? Нет, лучше промолчать.

— Увы, Санек, это выяснить не удалось.

— Знаешь, у меня есть один друг, ему уже тринадцать, он в музыкалке учится, где я раньше учился... Он про это все знает, но он такой, немножко отмороженный, на скрипке играет, и еще он шахматист, так он знаешь, что придумал? Это только версия...

— Ну? Интересно, что за версия?

— Он долго думал, и знаешь, что надумал? Что это тот, который в Испании, вроде как отец... И он же хотел, чтобы мы с мамой к нему уехали, знаешь, как он меня уговаривал... Так Мишка его подозревает...

— А ему-то зачем? — испугался Федор Федорович.

— Ну, если меня тут затравят, я легко соглашусь уехать...

— Ну, не думаю, это уж как-то... Нет, это вряд ли...

Сашка внимательно посмотрел на Федора Федоровича и улыбнулся.

— Выходит, Мишка был прав, — вздохнул мальчик.

— Санек, да брось!

— Нет, Федя, ты же тоже это знаешь... По глазам видно... И потом, я же все равно его не любил, так что... И мама его не любит. Он только бабушке почему-то нравится. Федя, скажи, вы с мамой и вправду поженитесь?

— Конечно! Даже не сомневайся!

— А ты... ты сможешь меня усыновить... чтобы я тоже был Свиридов?

Федор Федорович вдруг ощутил, что к горлу подступил комок.

— Я бы хотел этого больше всего на свете! Но это не так просто... Твой... ну этот, в Испании, должен сперва от тебя отказаться... И потом, это должна решить мама. Но я с дорогой душой...

— А я вот подумал... если рассказать все это маме, она тогда не будет против...

— Наверное, просто жалко ее расстраивать... Знаешь, у меня есть друг, очень хороший адвокат, я ему все это расскажу, и он посоветует, как тут быть и к кому обратиться. Хотя... Если предъявить этому товарищу то, что нарыл мой айтишник, он может и согласиться... Но это все не так уж важно, Санек, главное, что мы будем все вместе и ты будешь знать, что у тебя есть отец, а у меня сын! А формальности мы рано или поздно уладим. Я гляжу, ты голодный, может еще что-то заказать, а то один пирожок — это чепуха для мужчины.

— Да! А я хочу сосиски, только можно не с горошком, а с жареной картошкой?

— Полагаю, можно... Любишь сосиски? Я тоже!

— А мама с бабушкой мне не позволяют...

— Иногда можно, не страшно. И потом, мы маме не скажем!

— Ну тогда я хочу колу!

— А знаешь, я тоже хочу сосиски с картошкой и колу!

— Кайф!

Ираида уже собиралась домой после утренней репетиции, когда у нее зазвонил телефон. Звонила ее приятельница Зара.

— Ира, где сейчас твой сын?

— Сын? — удивилась Ираида. — Должен быть в школе, а что такое? — испугалась она.

— А то, что он сейчас сидит в кафе с каким-то мужчиной и они очень оживленно беседуют. Как бы не педофил, а то в наше время...

— Господи, Зара, в каком кафе? Я сейчас приеду... Скажи, а это случайно не Виктор?

— Нет, Виктора я знаю. Слушай, давай скорее, а то, может, полицию вызвать?

— Погоди, а как этот мужик выглядит?

— Здоровенный такой амбал, лет под пятьдесят. И так Сашке улыбается, по руке гладит... Боязно мне...

— Погоди, он лысый?

— Нет. Волосы у него хорошие, с проседью...

— Фу, напугала... Знаю я его, — нервно рассмеялась Ираида.

— Он не опасен?

— Да нет. Только я не понимаю, откуда он взялся... И что вообще происходит.

— Значит, полиции не надо?

— Боже упаси! Я сейчас еду!

— То есть я могу уйти?

— Можешь! Спасибо за бдительность!

— А что за мужик-то?

— Потом расскажу!

От театра до этого кафе на Мойке было не так далеко, и она пошла пешком. Что тут делает Федя? Почему он не позвонил мне, о чем он там говорит с Сашкой? Как-то все это странно и, пожалуй, даже тревожно... Она прибавила шаг. Он что, сорвал Сашку с уроков? Зачем, спрашивается?

Она вбежала в кафе и сразу увидела их. У обоих на лицах было написано удовольствие. Они ее не заметили пока. Ага, ясно! Пьют колу и жрут сосиски!

— Ну и что вы тут делаете в такой час?

— Мама!

— Ирочка! — вскочил Федор Федорович.

Ира с трудом погасила вспыхнувшую радость при виде него.

— Мама, Федя приехал!

— Это я вижу! А почему ты не в школе? И вообще...

— Ирочка, сядь и успокойся, все уже хорошо, а Санька учительница сама отправила с уроков.

— Допустим! А ты как туда попал?

— Видишь ли, у Санька в школе возникли некоторые сложности, он ко мне с ними обратился, собственно, только за советом, а я понял, что смогу помочь, ну и вот... Я прилетел буквально на несколько часов...

— Ну и что это за сложности?

— Ничего такого... Мы уже все уладили...

— Знаешь, Федя, раз так, давай скажем маме... А то она все равно не отстанет...

— Нехорошо так говорить, Санек!

— Тогда ты сам скажи, а мама пусть сама решит, правильно мы поступили или нет!

— Да уж, колитесь, заговорщики! — улыбнулась Ира. Это надо же, Сашка обратился к нему со своими какими-то сложностями... А он примчался, даже мне не сказав... И вдруг она испугалась. А вдруг там что-то действительно серьезное? Из-за пустяков или капризов Федя не примчался бы так...

— Видишь ли, Ирочка, когда вы были в Москве, Санек рассказал мне, что его одноклассники ни с того ни с сего стали его травить в соцсетях...

— Как? — побледнела Ира. — Как травить?

— Как глупые и жестокие дети сбиваются в стаю, чтобы травить жертву...

И тут Ира вспомнила, каким грустным и подавленным был Сашка перед поездкой в Москву, она тогда еще подумала, что он влюбился... Слепая курица! Идиотка!

— Санек просил только совета, а я... я дал задание своему сотруднику и он докопался, кто это все затеял... И зачем.

— И кто же?

— Тот... из Испании, — подал голос Сашка.

— Господь с вами! Зачем ему? Хотя... Он решил, что Сашка согласится уехать... Подлец! Мерзавец! Как же надо не любить сына, чтобы такое удумать, и все ради своей прихоти...

И она залилась слезами.

— Мама, не плачь! Федя все разрулил... А ты расскажи про это бабушке! Пусть знает!

— Ирочка, в самом деле, не плачь, все уладилось. У Санька хорошая классная, она сумеет все это прекратить, что там осталось ему доучиться, одна четверть... И в Москву! Знаете, как Апельсиныч вас ждет! И будем вместе выбирать квартиру! А если ты поедешь на гастроли, мы с Саньком...

— Нет, — покачала головой Ираида, и вдруг лицо ее озарилось улыбкой. — Нет! Я не хочу ни на какие гастроли, я завтра же подам заявление, мне легко найдут замену, а я хочу только одного — вместе с вами подыскивать квартиру, устраивать ее, и быть с вами, с моим сыном и мужем, и больше мне ничего не надо, разве что еще заслужить расположение Апельсиныча!

«Наш человек!» — с восторгом подумал Федор Федорович.

———

Литературно-художественное издание
Әдеби-көркем басылым

ПРО ЖИЗНЬ И ПРО ЛЮБОВЬ: ЕКАТЕРИНА ВИЛЬМОНТ

Вильмонт Екатерина Николаевна

МУЖЛАН И ФЛЕЙТИСТКА

Редакционно-издательская группа «Жанровая литература»
Зав. группой *М. Сергеева*
Ответственный редактор *Н. Ткачева*

Общероссийский классификатор продукции
ОК-034-2014 (КПЕС 2008); 58.11.1 — книги, брошюры печатные

Произведено в Российской Федерации
Изготовлено в 2021 г.
Изготовитель: ООО «Издательство АСТ»

ООО «Издательство АСТ»
129085, г. Москва, Звёздный бульвар, дом 21, строение 1, комната 705, пом. I, 7 этаж.
Наш электронный адрес: www.ast.ru
E-mail: zhanry@ast.ru

« Баспа Аста» деген ООО
129085, г. Мәскеу, Жұлдызды гүләр, д. 21, 1 құрылым, 705 бөлме, пом. 1, 7-қабат
Біздің электрондық мекенжайымыз : www.ast.ru
E-mail: zhanry @ast.ru
Интернет-магазин: www.book24.kz
Интернет-дукен: www.book24.kz
Импортёр в Республику Казахстан и Представитель по приему претензий в
Республике Казахстан — ТОО РДЦ Алматы, г. Алматы.
Қазақстан Республикасына импорттаушы және
Қазақстан Республикасында наразылықтарды қабылдау
бойынша өкіл «РДЦ-Алматы» ЖШС, Алматы
қ. Домбровский көш., 3-а», Б литері офис 1. Тел.: 8(727) 2 51 59 90,91 ,
факс: 8 (727) 251 59 92 ішкі 107;
E-mail: RDC-Almaty@eksmo.kz , www.book24.kz Тауар белгісі: «АСТ»
Өндірілген жылы: 2021
Өнімнің жарамдылық; мерзімі шектелмеген.

Подписано в печать 05.05.2021. Формат 70x90$^{1}/_{32}$.
Гарнитура «Newton». Печать офсетная. Усл. печ. л. 11,67.
Доп. тираж 5000 экз. Заказ 1918.
Отпечатано с электронных носителей издательства.
ОАО "Тверской полиграфический комбинат". 170024, Россия, г. Тверь, пр-т Ленина, 5.
Телефон: (4822) 44-52-03, 44-50-34, Телефон/факс: (4822)44-42-15
Home page - www.tverpk.ru Электронная почта (E-mail) - sales@tverpk.ru

ISBN 978-5-17-118947-1

16+